suhrkamp taschenbuch 759

Gerlind Reinshagen, geb. 1926 in Königsberg, studierte in Braunschweig und Berlin, lebt heute in Berlin und Eversen. 1974 Schiller-Förderpreis. 1977 Mülheimer Dramatikerpreis. *Hörspiele:* Die Gefangenen, Besuchszeit zwischen drei und vier, Der Umweg, Die Trennung, Die Wand, Ramona oder: Die Maschine, Leben und Tod der Marilyn Monroe, Nachtgespräch, Das Milchgericht, Reise zu Kroll. *Theaterstücke:* Doppelkopf, Leben und Tod der Marilyn Monroe, Kann das Theater noch aus seiner Rolle fallen oder: Die halbwegs emanzipierte Mariann (Lesestück), Himmel und Erde, Sonntagskinder, Das Frühlingsfest. *Prosa:* Elsas Nachtbuch. Rovinato oder: Die Seele des Geschäfts. Gedichte in verschiedenen Anthologien.
Die halbwüchsige Elsie erleidet das unfaßbare Ereignis des Zweiten Weltkriegs aus dem begrenzten Blickwinkel ihrer Kindheit. In dem bürgerlichen Mittelstandsmilieu einer Apothekerfamilie lügen sich die Honoratioren der mittelgroßen mitteldeutschen Stadt an der Nazizeit vorbei. Den geliebten Vater treibt es aus tödlicher Müdigkeit einer tiefen Existenzkrise selbstmörderisch an die Front. Elsies junger Freund setzt sich absichtlich dem Bombentod aus. Nach der großen Katastrophe führt der Weg der Überlebenden direkt aus dem Luftschutzkeller in eine improvisierte Hochzeitsfeier; die neurotisch ordnungssüchtige Mutter heiratet den feigen Schuldirektor.
Nachdem Elsie den Untergang in der Verkleinerung von Geschichte auf ein erfahrbares kindliches Maß miterlebt hat, fügt sie sich verständnislos in den Optimismus eines organisierten Neubeginns.
Der Film *Sonntagskinder* nach dem Drehbuch von Gerlind Reinshagen und Michael Verhoeven ist eine Sentana-Filmproduktion in Co-Produktion mit dem Hessischen Rundfunk.

Gerlind Reinshagen
Sonntagskinder

Suhrkamp

Die Fotos zum Film *Sonntagskinder* stammen
von Detlef Bergschmidt

suhrkamp taschenbuch 759
Erste Auflage 1981

Satz: Philipp Hümmer, Waldbüttelbrunn
Druck: Ebner Ulm · Printed in Germany
Umschlag nach Entwürfen von
Willy Fleckhaus und Rolf Staudt

Inhalt

Unschuldiger! Sind klüger die Kinder doch
Beinahe, denn wir Alten ...

Friedrich Hölderlin

Sonntagskinder

Personen: **Ludwig Wöllmer,** *Apotheker;* **Therese Wöllmer,** *seine Frau;* **Elsie Wöllmer,** *seine Tochter (14 Jahre);* **Lona,** *Dienstmädchen bei Wöllmers (18 Jahre);* **Metzenthin,** *Praktikant in Wöllmers Apotheke (19 Jahre);* **Tilda,** *Wöllmers Schwägerin;* **Heinrich Belius,** *General der Infanterie;* **Anna-Sophie Belius,** *seine Frau;* **Inka Belius,** *seine Tochter (15 Jahre);* **Rodewald,** *Schuldirektor;* **Nolle** (Norbert), *sein Sohn (16 Jahre);* **Herr Oswin,** *Buchhalter in Wöllmers Apotheke;* **Almuth,** *seine Tochter (15 Jahre);* **Konradi,** *der »Held von Kreta«, Studienassessor;* **Der »Totenkopf«,** *Gefreiter der Panzerwaffe;* **Ein Passant; Ein Pole,** *stumme Rolle*
Das angegebene Alter der Kinder bezieht sich auf das Jahr 1939, den Kriegsanfang; am Ende des Stückes sind sie entsprechend älter.

Grundbühnenbild: Domplatz einer mitteldeutschen, mittelgroßen Stadt mit Kirchtürmen, der Renaissancefront von Wöllmers Apotheke, dem Roland, dem Johannisbrunnen, dem Mausoleum, einem Stück Stadtmauer. Für die einzelnen Szenen Simultanbühnenbild mit wechselnden Requisiten: Rauchtisch, Herd, Nähmaschine, Standuhr etc.

I. Teil
Der Traum vom Sieg

I. Bild

Am Herd.

Lona rührt in einem Topf. Tilda näht auf der Nähmaschine. Metzenthin, im weißen Kittel, sitzt auf der Metallumrandung des Herdes und versucht, eine Substanz in einem Erlenmeyerkolben über der Flamme aufzulösen. Elsie liegt vor der Nähmaschine auf der Erde und malt in einem Modeheft herum. Sie singt:

Elsie My Bonnie is over the ocean
My Bonnie is over the sea
My Bonnie is over the ocean
Oh bring back my Bonnie to me!
Bring back, bring back, oh bring back my Bonnie to me ...

Sie unterbricht plötzlich und fällt lauthals in das Soldatenlied ein, das seit geraumer Zeit draußen zu hören ist und dessen Rhythmus sie offensichtlich überwältigt.

Lore Lore Lore Lore
Schön sind die Mädchen von siebzehn, achtzehn Jahr'n.
Lore Lore Lore Lore ...

Sie bricht wieder ab, der Gesang entfernt sich. Stille. Elsie steht auf. Man sieht, daß sie das halbfertige Kleid, das Tilda für die Mutter näht, angezogen hat, nebst hochhackigen Schuhen. Sie stöckelt zu Tilda hinüber.

Trägt man jetzt Fichü?

Tilda Man trägt Fichü.

Elsie stößt einen anerkennenden Pfiff aus, steckt sich das Fichü an, stöckelt zu Lona hinüber, posiert in Erwachsenenhaltung.

Elsie Sprich mich an, Lona, los, sprich mich an!

Lona Wie denn?

Elsie Wie man spricht; du bist achtzehn. Müßtest doch wissen, *Geziert.* wie sie so sprechen!

Lona Ich muß auf die Mehlschwitze achten.

Tilda *steht auf, will Elsie das Fichü wegnehmen:* Ich muß es noch säumen. Gib es mir.

Elsie reißt das Fichü ab, wirft es auf die Maschine, stöckelt zu

Metzenthin hinüber, huldvolles Kopfnicken.

Elsie Guten Tag, Karli, wollte sagen: Herr Metzenthin! Daß wir uns treffen! Wie geht es Ihnen? *Sie setzt einen Hut auf.* Wie lange haben wir uns nicht gesehen? Zehn Jahre? Zwölf Jahre? *Metzenthin reagiert nicht, schüttelt seine Lösung, Elsie knufft ihn in die Rippen.*

Mit scheint, Sie erkennen mich nicht, ich bin doch Ihre ... ehemals Elsie, die Tochter Ihres Chefs, aus Ihrer Jugendzeit, ach, ach, als wir beide noch jung und schön ... *Metzenthin tippt sich mit dem Finger an die Stirn.*

Was stieren Sie denn? Bin ich ein Gespenst? Als ob Sie sich nicht verändert hätten, dieser Bauch, diese Glatze ... hätte Sie kaum erkannt ... das muß ich zu meinem Bedauern sagen, im Gegensatz zu Lona ... *Sie legt Lona beide Arme um die Taille.* Du wirst auch in nochmal zwölf Jahren so aussehn, du bleibst immer schön! *Wieder im Konversationston.* Wenn ich Ihnen verändert vorkomme, Fräulein Lona, dann bedenken Sie, daß ich schon Junge habe, ah bah, ich meine: Kinder natürlich. *Sie pfeift auf zwei Fingern ihre imaginären Kinder herbei.* Franz-Eberhard, Inka, Karl-Hermann, hierher, marsch, marsch, die Mütze runter, und die Hände aus den Taschen! Unser Jüngster, das Mäxchen, das Sie ja auch noch kannten, ist uns verhungert. Leider, leider.

Lona *erschrocken:* Wieso verhungert?

Elsie Den haben wir begraben müssen ... in einem ganz kleinen Sarg ... mit Goldgriffen, nein, wie die Zeit vergeht, die gute alte Zeit, wenn Sie sich noch erinnern können, an den Holzmarkt, an den Fischmarkt, und das krumme Haus, den Stelzfuß, den Johannisbrunnen, die Martinikirche und jetzt ... kein Stein auf dem anderen!

Metzenthin Wieso kein Stein auf dem anderen?

Elsie Weil ein Krieg gewesen ist inzwischen, das pfeifen doch die Spatzen von den Dächern, daß der Krieg vor der Tür steht, und in einem Krieg bleibt kein Stein auf dem anderen ... bekanntlich. Und außerdem: morgens und abends Rüben! *Sie legt die Hand über die Augen, sieht über den Platz.* Ach, und der schöne Roland hat den Kopf verloren!

Metzenthin Geschwätz! Geschwätz! Es gibt keinen Krieg.

Elsie Das Volk braucht Lebensraum, sagt unser Lehrer, Polen muß deutsch werden ...

Metzenthin *lacht:* »Die Friedenshand des Führers ist zurückgestoßen worden!«

Elsie Und Frau Belius hat schon Linsen gehamstert!

Metzenthin Blödsinn! Wozu war wohl der Chamberlain in München? Und jeder ist froh, daß er Arbeit hat. *Zitiert.* »Auch du kannst jetzt reisen!« Wieso soll kommen, was sich keiner wünscht?

Elsie Wünschst du dir Krieg, Tante Tilda?

Tilda Ich hab an einem genug.

Elsie Lona?

Lona Oh Gott, da wären ja auf einmal alle Männer weg!

Elsie Metzenthin! Sieh mir mal in die Augen!

Metzenthin Mich würden sie da sowieso nicht nehmen, weil ich nämlich einen Geburtsfehler hab. Ich brauch keinen Krieg.

Elsie *sieht den hinkenden Buchhalter aus der Apotheke kommen, ruft:* Ich weiß, wer sich Krieg wünscht! *Zu Oswin.* Herr Oswin, wünschen Sie sich Krieg?

Oswin *stellt seine Aktentasche ab, klopft Elsie an die Schläfe:* Was bohrt denn da in dem kleinen Gehirn? Immer hoch hinaus! Hoch, hoch! Und dann: Bruchlandung! Wehgeschrei! Ihr Jungen würdet euch zu Tode fallen, wenn nicht die anderen wären, die Stillen im Lande, die's runterhalten. Ich sage: die Mitte ist stark! Die Vielen wollen keinen Krieg! Höchstens *Grinst.* ein Feuerchen. Das fährt rein, wo's morsch ist. In die Unterstadt, wo das Gesindel wohnt, die Roten und die Frauchen mit den Spiegeln vor den Fenstern, in die Verrottung könnte es fahren! Aber mehr sollt nicht sein. Ich bin ein Mensch der Mitte und für's Dauerhafte. *Lacht.* Seit 22 Jahren auf dem gleichen Schemel . . . Ich sage: wo die Mitte stark ist, ist der Friede garantiert! *Anzüglich, will Lona um die Taille fassen.* Hab ich recht, Fräulein Lona?

Tilda Sie sind kein ernsthafter Mensch, Herr Oswin. Sollten besser Ihre Scherze lassen!

Metzenthin Noch dazu, wenn sie dumm sind!

Oswin Das ist noch gar nicht raus, Herr Praktikant! *Ab.*

Metzenthin *zu Elsie:* Es sind auch nur die Kinder, die ihn witzig finden.

Elsie Ah so! Hast du Angst, Metzenthin? Glaubst du, daß man's bereden kann? Daß ich ihn ranzieh'n kann? . . . den Krieg . . . durch Reden?

Metzenthin Ich glaub, was ich sehe.

Elsie Aber Angst hast du doch. Dir steht es ja im Gesicht, Metzenthin!

Metzenthin Das einzige, was mir Angst machte, wäre, wenn ich mal den Verstand verlieren sollte, davor hätte ich eine panische Angst.

Tilda Dein Onkel Bummi, Elsie, der Kapitän, der später in die Anstalt kam, der hat immer gesagt ...

Metzenthin Aber Gott sei Dank kann man was machen dagegen. Gegen diese Krankheit kann man was machen.

Tilda Lieber verrückt, hat Onkel Bummi gesagt, als erwachsen. Er war überhaupt ein ewiges Kind. »Aus dem Weg, es steckt an, Leute!« schrie er immer ... bevor er sich dann im Schuppen erhängte ...

Lona Schrecklich! Aber ich hab niemals was gehabt, was ansteckt, außer Masern.

Metzenthin Das ist so ungefähr die einzige Krankheit, gegen die man etwas machen kann, wenn man will natürlich.

Tilda Ich glaube, der Bummi hat's nicht gewollt, *Für sich.* hat weggewollt.

Metzenthin Mit Vernunft und dem Willen, der Wille ist wichtig, und wenn man nicht gerade die Syphilis kriegt. *Er nimmt seine Lösung und will hinausgehen.*

Elsie *verstellt ihm den Weg:* Was ist Syphilis, Metzenthin?

Metzenthin *will weiter:* Nichts. Absolut nichts Besonderes ...

Esie Metzenthin! *Fixiert ihn.*

Metzenthin Das ist so eine Art von Schnupfen. Ja. Ich muß was tun. *Schnell ab.*

Elsie *hinterher:* Er lügt. Und jetzt wird er noch rot. Nichts kann er richtig! Und die ganze Zeit hat er hier rumgesessen, anstatt in der Rezeptur zu sein. Warum sitzt er immer in unserer Küche? *Plötzlich verändert, für sich.* Wenn ich neunzehn wäre wie er, ich würde richtig lügen können, alles würd ich können. Alles, und noch mehr.

Pause.

Ich hab niemals Angst.

Lona sieht Elsie aufmerksam an, die Maschine rattert frenetisch. Lichtwechsel

2. Bild

Am Rauchtisch. Der Vater, die Zeitungen auf den Knien, sieht vor sich hin. Die Mutter hält die Zigarette wie jemand, der im Rauchen nicht geübt ist. Elsie lungert, von den Eltern unbeachtet, in der Nähe herum. Sie scheint mit sich selbst beschäftigt, wird jedoch sofort aufmerksam, sowie sie eine Irritation zwischen den Eltern spürt; sie verfolgt dann deren Aktionen mit großem Erstaunen. Die Standuhr schlägt fünfmal.

Mutter Ludwig, mir scheint, du bist eingeschlafen.

Vater *reißt die Augen auf:* Ob wir diese Zeitung lesen, denk ich manchmal, oder nicht ... es kommt auf eins raus.

Mutter Und die Bücher, was ist mit den Büchern? Ich hole sie dir vom alten Bode, du fängst sie an ... dann liegen sie herum.

Vater Nimm's mir nicht übel, diese Familienromane ... einer wie der andere, geist- und geschmacklos. Wollen wir Karten spielen?

Mutter Aber das andere, was er empfiehlt, das politische ... diese »völkischen« Sachen?

Vater Das ist von Autodidakten geschrieben, in einem jämmerlichen Stil, man muß es nicht gelesen haben.

Mutter Vielleicht solltest du es trotzdem kennen.

Vater Dieses sogenannte Schrifttum ...

Mutter ... die hauptsächlichsten Gedankengänge ... *Leise.* und die Gegenstimmen aus dem Ausland ... man malt ja Schreckensbilder in der Emigrantenpresse ... die reinste Apokalypse, sagt Bode, ... *Leise.* er könnt's besorgen.

Vater *leise:* Du, paß auf mit dem Reden, Therese!

Mutter Nur zur Information natürlich; man weiß doch, wie gelogen wird da draußen ... das weiß jeder vernünftige Mensch.

Vater Es wär auch sofort in der Stadt herum, das ist gar nicht zu machen. *Gähnt.* Ich bin in letzter Zeit zum Sterben müde.

Mutter Du bist blaß, Ludwig, überarbeitet ... müßtest mehr an die Luft.

Vater Die Apotheke läuft von selbst. Ich mache täglich meine Runde: Stadtpark, Petershof, Buchardianger ... wie ein Wasseresel ... täglich meine Kreise ...
Pause.

Mutter Du starrst vor dich hin und tust nichts, Ludwig. Warum tust du nichts ...?

Vater *lächelnd:* Vielleicht bin ich krank ...

Mutter Dann solltest du das Rauchen lassen und die Trinkerei und endlich Sanitätsrat Kittel konsultieren. Es ist ... unnatürlich, so zu sitzen, meine ich, nichts zu unternehmen ...

Vater Verzeih, war nur so dahergeredet ...

Mutter Aber ich habe Verständnis, Ludwig ...

Vater Launen, Therese, ein kleiner Spleen. Nimm's nicht ernst.

Mutter ... Bin doch die erste, die dich versteht: als ob ich nicht auch darunter litte, unter der Enge, dieser Begrenztheit hier ... aber es gibt doch auch Vorteile, Ludwig. Du gehst durch unsere kleine Stadt, die Leute, die du triffst, die haben deinen Vater schon gekannt, deinen Großvater ... ja, deinen Urgroßvater ...

Vater *abwesend, lächelnd:* Und neulich abends, wie ich das Geschäft abschließe, seh' ich Elsie und den Praktikanten wie zwei Geister auf dem Brunnen, mucksmäuschenstill auf einmal ... wie ein kleines Denkmal.

Elsie guckt

Mutter *unruhig:* Ludwig, wir sind uns einig gewesen, die ganzen Jahre lang immer einig, daß es gut für das Kind ist ... wenn es drüben an der Stadtmauer spielt, am Gleimhaus ... ganz selbstverständlich wird es hier mit der Geschichte groß, kennt die Namen: Tilly, Wallenstein ...

Vater Und Albrecht den Bären und Heinrich den Löwen ... diese ... Sinnsprüche überall, an jedem Haus, das nimmt kein Ende, das ist alles gar nicht eng, Therese, das kommt mir eher unbegrenzt vor, eher ewig ... unsere Lona zum Beispiel, die ist zu uns gekommen, von irgendwoher, und in zwei Jahren geht sie wieder, und ist zwei Jahre lang nur dieses Stück Mensch gewesen, dieses schöne Stück Mensch, ganz frank und frei ...

Mutter *greift ängstlich nach der Hand des Vaters:* Ludwig, wenn ich dich nicht kennen würde, du sprichst wie ein Kind plötzlich, wie ein Kind ...

Elsie guckt.

Vater Stell dir vor, gehen können, wohin du willst ... in einer anderen Stadt ein neuer Mensch sein ... ohne Namen, ohne Ahnentafel ...

Mutter Um Gottes willen, Ludwig!

Vater *lächelt:* Ohne Erbgruft!

Mutter Das ist doch alles überspitzt, das stimmt nicht, man muß sich zusammenreißen!

Vater Früher, da hat mich das einmal ... berauscht, als ich wiederkam, nach dem Studium, hier, hab ich gedacht, ist Maß, ist Stil ... ich hab am Johannisbrunnen gestanden, am Petritor, hier kommst du zur Ruhe ... Jetzt denk ich manchmal – wie ein alter Mann, Therese – muß ich plötzlich an die Straße denken, wo ich gewohnt habe in Berlin, die billigen, häßlichen Wohnkasernen, das ganze Viertel ... billig, häßlich, aber ... anonym ...

Mutter Sag nichts mehr, Ludwig, ich bitte dich.

Vater Ich sage ja nichts. *Sieht auf die Zeitung.* Lilian Harvey hat geheiratet. Einen ganz jungen Stift. Sowas Dummes.

Mutter Warum soll sie nicht heiraten? Und wieso eigentlich dumm?

Vater Ja. Wieso eigentlich?

Mutter *tonlos:* Warum sagst du wieso?

Vater Ja ... das weiß ich jetzt selbst nicht ...

Mutter Ich versteh nicht, warum willst du nicht verstehn, auf einmal ... gibst mir keine Antwort ... wo wir uns doch immer unterhalten haben, 17 Jahre lang ... immer ... immer ... *Verzweifelt.* Ludwig, warum sprichst du nicht mit mir?
Sie starrt den Vater an, beginnt zu schluchzen, dann hemmungslos zu weinen. Elsie beobachtet alles genau. Der Vater geht zur Mutter hinüber, streichelt sie zärtlich.

Vater Aber was ist denn? Es war doch nichts. Was hab ich gesagt? Worum ist es gegangen? Warum denn auf einmal dies furchtbare Weinen ... so grundlos alles ...
Pause.
Und vielleicht gibt's ja Krieg.

Mutter *hoffnungsvoll:* Meinst du sicher?
Vater schweigt.
Dann hätten wir anderes zu denken ...

Vater Und auch in Berlin ...

Mutter ... hörten die Überspanntheiten auf! *Erschrocken.* Aber du ... Ludwig, du würdest doch bei uns bleiben?

Vater Man wird mich u.k. stellen.
Die Mutter läuft zum Radio, stellt es an, ein langsamer Walzer ertönt, die Eltern wiegen sich im Takt auf der Stelle, später tan-

zen sie, ungelenk und steif, wie sie es im Tanzunterricht gelernt haben. Dazu die Mutter, halb sprechend, halb singend.

Mutter Dann soll es Krieg geben meinetwegen, dann soll die Welt untergehn . . . Krieg, Krieg, es gibt Krieg, und wir tanzen, weil es Krieg gibt, weil es Krieg gibt . . . *Sie sieht Elsie, hält plötzlich an.* So ist es, Kindchen, so muß es sein. Siebzehn Jahre, siehst du, deine Eltern tanzen noch nach siebzehn Jahren, werden noch nach dreißig Jahren miteinander . . . *Mit veränderter Stimme.* Was ich dir sagen wollte, Elsie, du wirst von jetzt an mehr im Hause sein, dich nicht mehr herumtreiben auf dem Platz . . . und steh nicht immer mit dem Metzenthin zusammen. Nicht weil er aus der Unterstadt kommt; es gibt sehr ordentliche Familien dort, sehr tüchtige, nur . . . du bist mittlerweile zu alt dazu. Nun geh an deine Arbeit, Kind.

Elsie trollt sich widerwillig. Die Standuhr schlägt. Lichtwechsel

3. Bild

Am Fenster. Lona strickt, von Zeit zu Zeit hinaussehend. Elsie schleicht sich an, hält ihr die Augen zu.

Elsie Jetzt geht er vorbei, und du kannst ihn nicht sehn!

Lona Zu spät, Elsie, er ist gerade durch.

Elsie Und wenn er plötzlich umdreht und zurückkommt!

Lona Das liegt ihm nicht. Er geht ums Carrée, wie immer. Also spar dir die Mühe. Ich würd's auch spüren, irgendwie magnetisch, wenn er käme . . .

Elsie Tatsächlich! Da kommt er zurück und starrt uns ins Fenster. Gleich wird es springen!

Lona *reißt Elsies Hände von den Augen:* Was? Wirklich? *Enttäuscht.* Ach, es ist bloß der General!

Elsie General Belius mit Frau Anna-Sophie. Ich nenn sie »Maria-Theresia«! t,t,t! Der Vater sagt, er hätt das Pulver nicht erfunden, aber sie dafür das Kinderkriegen.

Lona Ich finde, er hat wunderbare blaue Augen.

Elsie *schlägt ihr Geschichtsbuch auf:* Er hat was von Moltke . . . meinst du nicht?

Lona *zeigt hinaus, schreit:* Almuth! Almuth mit Pelzkragen! Mitten im Sommer!

Elsie Ich würd gern wissen, ob eventuell die gleichen Menschen immer wiederkommen, Lona, alle die von früher ... nur in anderen Kleidern ...

Lona Ich hab immer gedacht, sie schnappt nochmal über, die Almuth, und mitten im Sommer!!

Elsie Die Inder sagen, daß man immer wiederkommt, in allen möglichen Gestalten, was glaubst du, Lona? Hörst du mir zu? Lona, du bist ja ganz rot geworden! *Sie sieht auf die Straße.* Ah, der Herzallerliebste, Herbert Nickel! *Sie blättert wieder in ihrem Buch, hält es Lona vor die Nase.* Der kleine Bonaparte!

Lona Er ist höchstens zwei Zentimeter kleiner als ich! Und außerdem Feldwebel!

Elsie Der hier war schon mit vierundzwanzig General. Hübsch! Mit der Stirn und der Locke ... so! Dein Nickel ist ihm zum Verwechseln ähnlich. Auf die Beine kommt es ja nicht so an. Vielleicht wird er noch Generalfeldmarschall!

Lona Das denk ich auch manchmal. *Umarmt Elsie.* Ach, Elsie, es wird immer schöner! Die ganze Stadt schon voll Soldaten. Und alle Tage werden neue eingekleidet. Ein Mensch in Uniform hat immer ein gewisses Etwas.

Elsie Nicht so was Tristes wie die Zivilisten.

Lona Es ist aber nicht nur der Stoff, der Schnitt ... Soldaten, überhaupt die jungen, die sind irgendwie *Pause.* wie Sonntagskinder, so ... erwartungsvoll, so hübsch von innen her ...

Elsie Und jetzt zeig' ich dir den allerbesten! *Zeigt auf ein Bild.*

Lona *liest:* Carl von Clausewitz. Also der.

Elsie *zeigt nach draußen:* Nein der!

Lona *vergleicht:* Clausewitz ... könnt er sein. *Entschieden.* Nein, Das ist doch ... *Überlegt.* euer Referendar ist das ... Konradi ...

Elsie Gut sieht der aus als Fallschirmjäger ...

Lona Könnt mir auch gefallen.

Elsie Ach, der gefällt der halben Schule. Den schlag dir mal gleich aus dem Kopf.
Pause.
Ich will dir mal was erzählen, Lona. Früher, wie ich ein Kind war, ja ...

Lona *lacht:* Wie du ein Kind warst ...

Elsie Wenn ich an später gedacht hab, und an den einen ... bestimmten ... ich dachte immer, daß ich um die ganze Erde für ihn gehen würde, barfuß, oder, wenn er mich verstößt, in einer Höhle leben, jahrelang mit meinem Sohn ...

Lona Mit welchem Sohn?

Elsie Wie Genoveva, im Wald, und Milch von einer Hirschkuh trinken.

Lona Das möcht vielleicht gar keiner von dir wollen.

Elsie Lona, würdest du auch um die Erde gehn?

Lona Oh, das wär wohl ... eine ziemliche Strecke? *Gibt sich einen Ruck.* Elsie, ich soll auf dich aufpassen, daß du die Spinnereien läßt, dich nützlich beschäftigst, sagt deine Mutter, weil dein Nervensystem nicht das kräftigste ist. *Gibt Elsie ihr Strickzeug.* Da, nimm den Strumpf und hilf mir stricken.

Elsie Wenn ich stricken muß, muß ich zählen. Wenn ich zählen muß, kann ich nicht reden. Also kann ich dir nicht mehr sagen, für wen ich d i c h halte.

Lona Ach ich bin Lona. *Sie zieht sich Seidenstrümpfe an, prüft die Nähte mittels eines Taschenspiegels. Stille.*
Wer, meinst du, wer ich in Wirklichkeit bin?

Elsi *hört sofort auf zu stricken, lehnt sich zurück:* Es war einmal eine schöne Nixe, mit Namen Undine. Die sah so ungefähr aus wie du. Und weil sie den Ritter Huldbrand liebte, bekam sie, obwohl sie ein Meergeist war, eine menschliche Seele.

Lona Und? Sie haben geheiratet?

Elsie Zu ihrem Unglück war Undines Seele besser und vollkommener als die der Menschen.

Lona Also ist es nicht gut ausgegangen!

Elsie Doch, doch – er hat sie geheiratet.

Lona Aber dann? Kam ein Unglück?

Elsie Jetzt weiß ich das Ende nicht mehr.

Lona Du weißt immer das Ende von Geschichten. Es ist traurig, nicht wahr, und du willst mir nichts mehr davon erzählen!
Pause.

Elsie Ich hab's vergessen.
Stille.
Sie war doch auch nur ausgedacht!
Lichtwechsel

4. Bild

Im Säurekeller. Metzenthin füllt mittels Trichter eine Flüssigkeit aus einem Ballon in eine kleine Flasche ab. Elsie gibt ihm eine zweite.

Elsie Metzenthin, füllst du mir Magenwein ab?

Metzenthin Was zahlst du?

Elsie Als ob ich bezahlte, was uns gehört! Metzenthin! Immer willst du was! Du hast schon haufenweise alte Hefte, Spangen, du hast ausgerissene Haare. Was machst du damit? Was willst du eigentlich?

Metzenthin Schreib mir einen Brief, Elsie.

Elsie will sich totlachen.

Alle Welt schreibt sich Briefe, alle Frauen sitzen und schreiben, seit es angefangen hat mit Polen ... und wenn eine nicht schreibt, könnt sie's bereuen, wenn's zu spät ist.

Pause.

Wenn einer im Grab liegt.

Elsie Du liegst nie im Grab, weil du es ja am Herzen hast. Außerdem seh ich dich jeden Tag.

Metzenthin Gerade darum müßt man sich schreiben, erst recht müßt man schreiben, damit man sieht, ob es ehrlich ist.

Elsie Willst du etwa sagen, daß Lona, wenn sie sich die Finger wundschreibt ... daß sie ihrem Herbert Nickel etwas vorlügt?

Metzenthin Ich möchte einen Brief, der wirklich an mich ist, nicht an ein *Pause.* Gespenst.

Elsie Soll das heißen, daß alle die draußen sind und die Briefe kriegen, daß alle Soldaten Gespenster sind?

Metzenthin schweigt.

Metzenthin? Würdest du sterben für einen Brief?

Stille.

Metzenthin Das muß ich mir bis morgen überlegen.

Elsie Ich sag dir, Metzenhin, ich werde niemals solche Briefe, wie du dir das vorstellst, schreiben, so, wie ich nie im Leben Seidenstrümpfe tragen werde, nie im Leben.

Pause.

Und wenn ich jemals Briefe schreiben sollte ...

Metzenthin Dann nur an einen »Helden«, was? Mit Uniform und Schulterstücken?

Pause.

Möchtest du eine Geschichte hören? Du bist doch immer wild auf Geschichten. Ich bin der Sohn eines »Helden«, Elsie. Den hat's im vorigen Krieg noch erwischt. Sozusagen mit der letzten Kugel. Zwei Jahre hat er sich noch hingeschleppt. Ich bin dann von der armen Witwe kärglich aber sauber aufgezogen. Das war ziemlich öde. Aber er, er wurde immer phantastischer. In der Vorstellung, weißt du. Das ist der Grund, warum ich auf sowas pfeife, auf Orden und Namen ... ich habe keinen Namen in der Stadt, keine Familie wie du. Aber stell dir vor, ich will auch keinen haben, das ist alles äußerlich, Schall und Rauch, mir macht man nichts vor ... so wie ich mir selber nichts vormache. Vielleicht ein Fehler. *Für sich.* Man müßte eine Vorstellung von sich haben ...
Pause.

Elsie *denkt nach:* Ich weiß eigentlich nicht, was du gegen dich hast.

Metzenthin Gut, gut. Man kann sich nicht stemmen gegen sich selbst. Aber ich werde dir immer über den Weg laufen, Elsie, wo du auch bist, ob du es willst oder nicht.
Pause.
Jetzt siehst du ganz durchsichtig aus. Ich habe manchmal Angst, du könntest dich in Luft auflösen.

Elsie *nimmt ihm die Flasche mit Magenwein ab:* Ja. Vielleicht schon heute nachmittag. Wir gehen nämlich in die Höhle, von da in den unterirdischen Gang. Wir graben uns durch bis zur Unterstadt. Da werd ich mir dein Geburtshaus ansehn. Und wenn die Geschichte hinter uns einstürzt, ist nichts mehr zu machen.

Metzenthin Und alle Welt verfällt in tiefe Trauer ... und bittet ab, was sie dir jemals antat.

Elsie Es sollen goldene Ringe von den Merowingern da vergraben sein. Man könnte tausend Jahre alte Sachen finden. Man würde die Erde von innen sehn. Metzenthin, wie lange, glaubst du, dauert Ersticken?

Metzenthin *grinst:* Du wirst's ja erleben. Also dann: auf Nimmerwiedersehen!
Er geht ab, Elsie stampft mit dem Fuß auf. Lichtwechsel

5. Bild

Höhle, von Kerzen erleuchtet. An den Wänden Wimpel und Fahnen. Nolle, Almuth, Inka, alle in Uniform, sitzen am Boden. Elsie kommt dazu, später Metzenthin.

Nolle *liest einen Brief vor:* Konradi schreibt: Das war ein Blitzkrieg ohnegleichen. Unsere Infanterie ist marschiert, wie keine Armee der Welt je marschierte ... unsere Panzer immer vorneweg. Und morgen ist Siegesparade in Warschau! Wir sitzen hier im Fliegerhorst und warten, daß wir an die Reihe kommen. Daß es woanders wieder losgeht.

Almuth Ach, es wird nirgends wieder losgehn. Eine Grabesstille überall. Keine Feier in der Aula mehr, keine einzige Sondermeldung.

Inka Der Franzose verkriecht sich. Der Tommi zittert.

Elsie kommt.

Nolle Es geht in jedem Falle weiter. Natürlich hofft der brave Bürger auf ein Ende, schreibt Konradi, aber das ist der Irrtum. »Polen, das ist nur das Fundament, der Anfang. Wer eine neue Ordnung will, der muß in größeren Zusammenhängen denken. Wir werden eine neue Ordnung schaffen oder ... Europa fällt zurück ins Mittelalter, grausamer Gedanke!«

Nachdenkliche Stille.

Almuth Konradi ... das ist einer, der's erkannt hat ... der es weiß ...

Elsie Was soll er wissen?

Metzenthin kommt.

Almuth Es muß so Geheimnisse geben ... Etwas, was die große Masse niemals weiß. Nur ein paar wenige wissen es. Das sind die wertvollen Menschen. Die Führernaturen. Ich glaube, sie haben niemals Angst.

Nolle Blödsinn. Das gibt es nicht. Die Zeit der Langemarcksoldaten ist vorbei: kopflos mit ›Hurra‹ ins Feuer. Jeder hat Angst.

Almuth Ich immer früh, wenn ich aufwach und mir fällt ein, daß ich sterben muß. Aber das ist nur ein Augenblick und gleich vorbei.

Nolle Das ist keine Schande. Schändlich ist, wenn du's nicht überwindest, wenn du feige wirst aus Angst. Oder untreu. Wenn du nur an dich denkst, nicht an's große Ganze. Konradi schreibt, auch er hat Angst. Er zittert förmlich vor jedem Absprung ... *Liest aus dem Brief.* »Aber dann, Freunde, wenn man im Zug mit all den alten Kumpels im gleichen Schritt und Tritt marschiert, wenn man sich als ein Teil des großen Ganzen fühlt, dann ist es mit der lächerlichen kleinen Angst vorbei. Das ist ein Mysterium.« *Er sieht zu Metzenthin hinüber.* Ich wüßt mal gern: Was ist mit eurem Praktikanten, Elsie?

Elsie Was soll mit ihm sein?

Nolle Er lacht so komisch.

Elsie Kurzsichtig ist er.

Nolle Als ob es nicht ganz stimmt bei ihm da oben. Seht ihr nicht, daß er komisch lacht? *Alle lachen.*
Worüber lachst du, he? Hier ist kein Ort, sich lustig zu machen. Entweder du verschwindest, oder verhältst dich anständig unter der Fahne. Ja, du könntest die Fahne grüßen, gleich auf der Stelle grüßt du die Fahne!

Metzenthin Was würde wohl passieren, wenn ich draufspuck', eh? Wird die Höhle einstürzen? Erschlägt mich der Blitz? Erscheint mir das »Mysterium« und läßt donnern?
Er will spucken. Im selben Moment hat Nolle sein Fahrtenmesser gezogen und verletzt Metzenthin an der Hand. Nolle packt sie und läßt das Blut auf die Fahne tropfen.

Nolle Jetzt ist's eine Blutfahne. Kann sein, das ist nichts anderes als Holz und Tuch und Blut. Aber immer, wenn du Wicht von jetzt an eine Fahne sehen wirst, wird irgend etwas in dir schalten. Ganz schnell, ohne Umweg über den Kopf. So erscheint dir das Mysterium auf der Stelle.
Stille.
Warum gibt ihm keiner ein Taschentuch? Seht ihr nicht, daß er blutet?

Almuth *kichert verlegen:* Er lacht noch immer und wirklich komisch.

Nolle Wo denn? Ich seh nichts. Wo lacht er denn?
Alle hören plötzlich auf zu lachen.
Ich sehe keine Spur von Lachen. *Er wirft Metzenhin sein Taschentuch über die Schulter, der schüttelt es ab, geht hinaus.*

Nolle *wie zu sich selbst:* Die Angst, das ist nicht das Problem. Das Problem ist: daß du hart sein kannst. Daß die Hand nicht zittert. Daß du dir Feinde machen kannst, wie alle Großen ... dem Gegner den Kopf vor die Füße legen. Wie Dschingis-

Khan. Der schickte lächelnd Männer, Frauen, Kinder in den Tod. Um der Sache willen. Der wahre Führer ist immer auch Richter. So weit muß man kommen, sage ich euch. Soweit komme ich noch!

Die Mädchen pusten die Kerzen aus, alle verlassen die Höhle. Inka wirft ihre Spikes über die Schulter.

Inka Jetzt ist es endlich dunkel. Ich geh.

Elsie Aber der Sportplatz ist zu.

Inka An der Holtemme ist ein Loch im Zaun. Da komm ich durch. Ich trainiere gern um diese Zeit. Und allein. Es wird immer gesagt, mit einem Nebenmann bist du schneller. Der Nebenmann zieht. Aber ich bin nachts allein am schnellsten. Wenn ich keinen neben mir spür', wenn ich gar nichts spür', nicht mal mich selber. Wenn alles plötzlich weg ist, wie beim Endspurt, wenn sie schreien: Inka! Inka! Aber ich, ich hör nichts ... ich bin einfach weg, bloß noch Geschrei ... phantastisch ist das ... *Sachlich.* Wenn meine Mutter kommt und sucht mich, sagt, ihr wißt nichts. *Ab.*

Nolle *sieht hinterher:* Das Mädchen ist gut! *Ab.*

Almuth Nolle will sie als Freundin haben. Alle wollen sie als Freundin. Ich find sie ja eher muskulös, aber sie, sie ist eine von diesen gewissen ... Sie weiß das Geheimnis und ... Nolle auch. Aber die es wissen, Elsie, bleiben immer unter sich! Er und sie ... *Sie weint.* Mich sieht er nicht an!

Elsie Ach, wein doch nicht, Almuth!

Pause.

Weißt du, Almuth, was ich glaube? Man darf nicht kleinmütig sein. Man muß sich was zutrauen. Man kann werden wie diese ... Führernaturen, wenn man sich was zutraut. Man müßte sich üben. Zum Beispiel nachts in die Unterstadt gehn, in die Straße, wo die Frauen mit den bunten Lampen wohnen, mit der Syphilis. Weißt du, was Syphilis ist? Ich erklär' es dir später. Dort ist es gefährlich. Sie lassen keine Fremden ins Revier. Oder ... wenn wir jetzt zum Mausoleum gingen ... Da ist es grausig und riecht nach Aas. Man hat schon zweimal tote Frauen da gefunden. Wenn wir das schaffen ...

Almuth *starrt Elsie entsetzt an:* Du bist doch tatsächlich ... noch reichlich kindisch! Also solche Ideen ... verrückt! Es ist furchtbar dunkel. Ich muß nach Hause.

Sie rennt los, als wäre der Teufel hinter ihr her.

Elsie steht einen Augenblick gedankenverloren herum. Dann geht sie langsam, sich ängstlich nach allen Seiten umschauend, zum Mausoleum hinüber. Sie hebt einen Stock vom Boden auf, springt plötzlich auf ein Gebüsch zu, schlägt mit dem Stock hinein, weicht zurück, geht wieder hin, teilt behutsam das Gebüsch auseinander: Im Mondlicht sieht man dort jetzt Lona mit entblößtem Oberkörper und den Vater liegen. Lona, halb aufgerichtet, sieht Elsie an, lächelt, es ist ganz still. Der Vater bemerkt nichts. Nach einer Weile wendet sich Elsie ab und geht langsam durch die Dunkelheit nach Haus. In der Ferne wieder leise Gesang von Soldaten: »Frühmorgens, wenn die Hähne krähn ...«
Lichtwechsel

6. Bild

Am Rauchtisch. Ein Sektkorken knallt. Der Vater, die Mutter, General Belius und Frau, Direktor Rodewald trinken Maibowle. Die Kinder – Inka, Nolle, Elsie – im Hintergrund, ebenfalls mit Gläsern. Elsie schenkt ein.

Frau Belius Ich gebe zu: das deutsche Heer hat seinen Stil verloren.

Vater Ich behaupte: seine Moral. Den Blomberg schiebt man wegen seiner Nutte ab, den armen Herrn von Fritsch ...

Rodewald Sie sind ein harter Trinker, Wöllmer, und auch sonst kein Kind von Traurigkeit. »Moral« – das macht sich etwas seltsam, so aus Ihrem Mund.

Mutter Schwül ist es heut. Und dabei erst Mai.

Frau Belius Aber die Bowle ist Ihnen geraten! *Trinkt.*

Mutter Dank Ihrem Waldmeister ...

Vater Den General von Fritsch erledigt man durch Rufmord. Und die Herren Kollegen schweigen, heißt es, gehen zum Staatsbegräbnis und schweigen ... lauter kleine Brauchitschs!

Rodewald Alle diese Behauptungen, das ist nicht nachprüfbar, nicht haltbar, aber ich muß das hören. Überall bin ich gezwungen zu hören, in der Bekanntschaft, im Beruf; die Lehrerschaft zwingt mich, Dinge zu hören, unglaubliche Dinge, und das als Direktor! Wenn man mir eines Tages den Kopf öffnen würde ... ich möchte nichts gehört haben, Wöllmer!

Nolle imitiert Rodewald, hält sich die Ohren zu. Die beiden anderen lachen.

Vater Ich sage nur: »es heißt«, »man sagt« ...

Rodewald Es wird zuviel gesagt!

Mutter Das sag ich auch!

Vater Ich stelle ja lediglich zur Debatte: die Jagd nach Ämtern im deutschen Heer, nach Orden ... die Uniformen unseres Reichsjägermeisters, sind die nun unmoralisch, oder doch nur schlechter Stil?

Rodewald Jedermann findet ein Haar in der Suppe, krittelt herum, unsere »besseren« Kreise allen voran, aber das ist das einzige, was wir können!

Vater Ist das nichts, frage ich Sie? Der klare Blick in der Selbsteinschätzung? Die Aufrichtigkeit: Das bleibt unser Feld. Sollten wir das nicht verteidigen?

Rodewald Ich frage: haben wir das Recht zu kritteln, ausgerechnet wir, mit unseren vollgestopften Köpfen, denen nichts mehr einfällt?

Mutter *schnell zu Frau Belius:* Was sagten Sie, an welcher Stelle fanden Sie das Maikraut?

Frau Belius Wir hätten Ihnen Brennesseln gebracht, wenn nicht der Bursche Abromeit die Sache in die Hand genommen hätte.

Mutter *hebt ihr Glas:* Prost auf den Burschen Abromeit!
Niemand trinkt mit. Die Kinder kommen näher, hören zu.

Rodewald Zum Beispiel ich, nehmen Sie mich als Beispiel, ich nehm mich nicht aus, will aufrichtig sprechen, schonungslos: ich bin beliebt als Direktor, »Fritz den Kleinen« nennen sie mich, ich kenne den Namen, ich hab nichts dagegen, Spitznamen beweisen, man ist populär, man stimmt sogar gewissermaßen in gewisser Weise mit dem Namen überein: auch ich bin aufgeklärt, liebe Musik, ich bilde mir ein, Geschmack zu haben, ich lebe frauenlos, allein mit meinem Sohn, ich habe Urteilskraft und die Gicht. Übrigens – wissen Sie, warum er die Gicht gehabt hat? Diesen sichtbaren Ausdruck seines Konflikts? Das ist überaus interessant ... Auch ich, ja, sehen Sie *Zeigt seine verkrüppelten Hände.* bekämpfe meine Neigungen, ich tue meine Pflicht und mehr, aber das alles ist nicht genug ...

Vater Was wollen Sie machen, Herr Rodewald?

Rodewald Ich trage diesen Knopf an der Jacke und schweige, ich ziehe jeden Montag früh die Fahne auf mit Deutschlandlied und deutschem Gruß und schweige, ich sehe: dies und das ist nicht nach meinem Gusto, ich halte mich zurück und schweige, aber ich bin mir im klaren darüber, das ist nicht genug.

Vater Es gibt schließlich Dinge, Herr Rodewald, was Bildung und Erziehung anbetrifft, die Art zu leben ... hinter die kann der Mensch nun mal nicht zurück.

Rodewald Da ist eine Kraft, mein Lieber, plötzlich, nach der langen Zeit der Not, der wirtschaftlichen Schwäche, nach den Jahren nationaler Schande, eine unerhörte Bewegung im Volke, die wir unterstützen sollten ... Ich gestehe, daß ich diese Kraft bewundere, daß ich danach strebe, meine Skepsis zu begraben, wie er den Freund Katte begrub, meine ganz persönlichen Gefühle, *Verzweifelt.* glauben Sie mir, meine Herrschaften, dieses gottverdammte Stilgefühl, Herr Wöllmer, die verfluchte Zauderei!

Vater Aber geben Sie zu, Herr Rodewald, diese Hosen sind furchtbar. Ich wäre längst in der Reiter-SA, wenn ich nicht diese Hosen anziehn müßte! *Gelächter.*

Rodewald *will sich entfernen:* Es ist nutzlos, mit Ästheten zu streiten.

Vater Ah, trinken wir! Die Bowle ist gut. Mit einem Weinchen Jahrgang 35. Man sollte nur die allerbesten Weine ...

Rodewald Ich will nichts mehr hören. Ich bin Beamter.

Frau Belius *hält Rodewald zurück:* Sie sind hier lediglich als Freund, Herr Direktor! *Zu Wöllmer.* Und Sie, Sie alter Defätist, sind Sie mal froh, daß wir hier unter uns sind. Ich schwöre Ihnen, die Moral, die werden wir schon wiederfinden nach dem Sieg! *Gleichzeitig zu ihrem Mann und Wöllmer.* Und wenn es nächste Woche Richtung Westen geht, ich wette, ihr zwei beiden werdet schneller als ihr denkt Paris sehen ... der Bursche Abromeit wird euch Compiegne knipsen, und was von da aus in die Welt tönt, wird nicht stilvoll und moralisch klingen ...

Rodewald Das wird einprägsam und kraftvoll klingen!

Frau Belius Zur Zeit der Walderdbeeren treffen wir uns wieder.

Mutter Und wie beurteilt unser General die Lage?

Frau Belius Er schweigt, mein Heinrich, wie Moltke vor der Schlacht, aber hier *Deutet auf ihren Kopf.* die Gedanken gehn Tag und Nacht, er denkt und ich schlafe, und glauben Sie mir, ich schlafe gut mitsamt meinen Vieren, mit meiner Inka,

Carl-Eberhard, den beiden Kleinen, wie in Abrahams Schoß schlafen wir ... ach, was red ich, ich rede mal wieder zuviel, der Mund geht mir über, das macht ich bin aus dem Baltikum und außerdem eine Gesellschaftskanone, ich bin die Kanone und er *Zeigt auf den General.* ist der Bolzen! *Sie bemerkt Nolle, Elsie und Inka.* Pater peccavi, Ihr Sohn, Herr Rodewald, und meine Inka, Elsie ... *Sie fängt schnell an zu singen.* Marlborough s'en va-t-en guerre, mironton, mironton, mirontaine, singt mit, ihr Kinder!

Die Kinder schweigen.

Mutter Ja, Elsie, sing mit!

Rodewald *zu Nolle:* Na los, Junge, du hast doch französisch gelernt!

Frau Belius beginnt wieder: »Marlborough s'en va-t-en guerre« zu singen, alle Erwachsenen singen mit, die Kinder schweigen, retirieren verlegen.

Frau Belius Was sind das für Kinder, die nicht singen wollen, die sich weigern, mitzusingen ... sagen Sie mal ...

Lichtwechsel

7. Bild

Am Herd. Lona putzt die Metallteile. Oswin versucht eine Annäherung. Elsie kommt langsam.

Oswin Wenn Sie nicht so beschäftigt wären, Fräulein Lona, so über-belastet, ich ging' mit Ihnen auch mal gern ums Mausoleum.

Lona schlägt ihm auf die Hand.

Elsie Wer zieht in den Krieg, Lona?

Lona Dein Vater, Elsie.

Elsie guckt verständnislos.

Oswin Der Herr Pharmazierat reist an die Siegfried-Linie. Demnächst. Erster Klasse. Man hat den Herrn Pharmazierat viel spazierengehn sehn. Besonders in der Gegend um das Wehrbezirkskommando.

Lona Herr Wöllmer ist krank und muß an die Luft.

Oswin Man hat ihn dort des öfteren beim Herrn Major gesehen. Der hat die Billets an die Front in der Tasche. Der Herr Pharmazierat möchte Paris sehn.

Elsie Er ist ja unabkömmlich wegen der Arzneiversorgung, wird u.k. gestellt, sagt Mutter.

Oswin Und dann im Frieden, wenn er wieder am geschnitzten Schreibtisch sitzt ... »das waren die goldenen Jahre« wird er einmal sagen, später.

Lona Ach reden Sie doch nicht in einer Tour, ich habe Kopfweh.

Elsie Sie lügt. Sie hat ihr Lebtag kein Kopfweh gehabt.

Oswin *im Abgehen zu Elsie:* Da siehst du, kleines Fräulein, so manches tritt plötzlich ein. Machen Sie sich lang, Fräulein Lona, und warme Gedanken. Mit so einem Kopf ist nicht zu spaßen. *Ab.*

Stille.

Elsie Lona, kannst du dir denken, daß einer sich meldet, obgleich er nicht will, zu einer Sache ... von der er nichts hält, und freiwillig, Lona, denn er müßte es doch nicht ... kannst du das begreifen, Lona?

Lona Unter Umständen, Elsie.

Elsie Hat der Vater es dir erzählt?

Lona Ich würde niemals wagen, darüber zu sprechen. Es wäre zu intim. Und auch nicht recht gegen deine Mutter.

Elsie Aber du weißt es trotzdem, Lona?

Lona Ach, ich weiß, wie es hier ist.

Pause.

Elsie Ich habe es auch gewußt.

Lichtwechsel

8. Bild

Im Säurekeller. Elsie hockt auf dem Boden, starrt vor sich hin. Der Vater, in Majorsuniform, tritt ein.

Elsie Geht die Mutter nicht mit zum Zug?

Vater Sie ist oben und macht sich schön für den Weg.

Elsie *lacht:* Es ist doch schon ganz dunkel draußen.

Pause.

Ich gehe gern im Dunkeln durch die Stadt.

Vater *streichelt sie:* Ich auch. Und du bist meine kleine Tochter.

Elsie Schön siehst du aus. Auch gar nicht mehr krank. Du müßtest deine Uniform auch noch nachher ... im Frieden tragen.

Vater Davon wollen wir jetzt nicht reden. *Gibt Elsie seine Armbanduhr.* Willst du mir die Uhr aufheben?

Elsie Die goldene . . .?

Pause.

Wirst du sie nicht brauchen?

Vater Ich habe eine andere. Die tut es auch.

Elsie Ich hebe sie dir auf, bis du wiederkommst.

Vater Du sollst sie mir für immer hüten.

Pause.

Elsie *sieht den Vater aufmerksam an:* Darf ich sie . . . umbinden?

Vater Ja. Nur laß es nicht die Mutter sehn . . .

Elsie Sie würde sich ängstigen . . .

Der Vater lächelt. Elsie lächelt.

Ich werde gleich in Lonas Zimmer gehn und Licht anmachen und von oben winken.

Vater Das leuchtet weit. Die ganze Seydlitzstraße hinunter.

Elsie Du siehst heute so . . . lustig aus.

Vater Ja, weil ich dich noch immer sehen werde, die ganze Straße lang.

Sie stehen noch einen Augenblick eng beisammen, dann Lichtwechsel

9. Bild

Elsie gegen Abend am Brunnen, zitternd vor Kälte. Der »Totenkopf« kommt über den Platz. Es ist ein Gefreiter der Panzerwaffe mit einem durch Pulverstaub und tiefe Narben entstellten Gesicht. Sein Anblick ist schrecklich. Er bleibt vor Elsie stehen.

Totenkopf Du bist hier wohnhaft, nehme ich an!

Elsie nickt.

Ich suche jemanden. Eine gewisse Elsa Wöllmer. Sie schreibt mir, sie wohnt in der Apotheke.

Elsie starrt ihn an, schweigt.

Möchtest du gehen und sie mir holen?

Elsie schweigt.

Kannst ihr sagen, ihr Freund ist da. Dann wird sie schon kommen.

Elsie schweigt.

Mit fliegenden Haaren kommt sie gelaufen. *Lacht.*
Pause.
Meine kleine Unbekannte. Weiß der Teufel, wie sie an die Feldpostnummer kam. Wir haben uns ein halbes Jahr lang jeden zwoten Tag geschrieben. *Zieht ein Bündel Briefe aus der Tasche.* Da siehst du. *Lacht.* Wir sind schon ziemlich intim.
Elsie schweigt.
Mich wundert, daß sie nicht am Fenster ist.
Pause.
Sie schreibt: ich werde jeden Abend dieser Woche auf dich warten.
Pause.
Sie ist nicht da.
Pause.
Wenn sie nicht da ist, ist etwas passiert.
Elsie schüttelt den Kopf.
Dann kann sie nicht kommen.
Elsie schüttelt den Kopf.
Gereizt. K a n n nicht, sage ich dir, oder ... will sie nicht?
Elsie schüttelt den Kopf.
Er packt sie unsanft an der Schulter: Kannst du nicht sprechen? Sag mal! Was treibst du hier? Hat man dich hergestellt? Sozusagen als Wache? Handelt es sich um deine Schwester? Ist sie am Fenster gewesen und hat mich gesehn? Was hat sie gesagt? War sie aufgeregt? Hat sie sich rausgeputzt, die Lippen, die Haare, die Augenbrauen ... ist sie heiß und rot geworden, oder *Pause.* plötzlich eisig, da oben am Fenster, hat sie gesagt, da kommt einer über den Platz, stell dich vors Haus und halt ihn mir weg ...
Pause.
halt mir den Totenkopf vom Leib!
Elsie schüttelt den Kopf.
Wütend. Vielleicht sprichst du mal! Hat ihr ein Blick genügt auf einen, der die Knochen für sie hingehalten hat ... Weil sein Gesicht verbrannt ist, kann er vor ihrem Fenster erfrieren ...
Elsie greift nach der Hand des Soldaten, zieht ihn mit sich; gleich darauf erscheinen beide im Säurekeller.
Er lehnt sich an einen Ballon, müde. Sag mir die Wahrheit. *Stille. Er wirft das Bündel Briefe auf den Tisch.* Da siehst

du, Kind, ein Bündelchen, ein Schicksal. Das hab ich mitgeschleppt im Sturmgepäck. Im Panzer, im Turm, das ist bei Cambrai dabeigewesen, in der Schlacht von Montcornet. Du verstehst noch nicht. Bist noch zu dumm für solche Geschichten. Ich erzähl sie dir trotzdem:
Wie gesagt, bei Cambrai. Wir sind die Angriffsspitze tagelang. Die Ablösung hängt irgendwo im Hinterland. In der Gefechtspause sitz ich und schreibe. Am Straßenrand schreib ich. Nachts, auf den Knien. Und was krieg ich zurück? Dumme Geschichten. Von ihrer Tante schreibt sie mir, von der Tante mit übernatürlichen Kräften! Von einer unterirdischen Höhle! Ich will ihr schon den Abschied geben. Da schlägt das Schicksal zu. Ich bekomme diese Ladung ins Gesicht.
Ich bin vernichtet. Wir haben ein Herrenbekleidungsgeschäft. Was stellst du vor in der Branche ohne Gesicht? Ich weiß, daß ich vom Leben nichts mehr zu erwarten habe. Aber da, Kind, geschieht es. Sie ist verändert mit einem Schlag. Kann plötzlich Briefe schreiben. Am Rande des Grabes gibt sie mir Mut. Sie schreibt, sie liebt mich auch ohne Gesicht. Wozu braucht man es, fragt sie. Es gibt so viele Berufe im Dunkeln. Photograph zum Beispiel. Oder Dirigent. Im Orchestergraben, schreibt sie, ist es immer dunkel. Und ich hätte Fähigkeiten ... sie sieht es an meiner Handschrift, schreibt sie. Im Vertrauen, kleines Fräulein, ich bin ganz unmusikalisch ... aber wenn sie es glaubt, *Lacht.* ... der Mensch kann ja weit über sich hinaus. Wenn sie an meine Möglichkeiten glaubt ...
Pause.
Siehst du, das ist die Liebe ...
Pause.
Ich darf dir das sagen ... spreche sozusagen wie ein Vater ... weil ich Erfahrungen habe ... ich bin schon zwanzig. *Er legt die Hand über die Augen. Stille.*

Elsie Die Briefe habe ich geschrieben, Hans.

Totenkopf *lacht:* Komm, komm! Du brauchst nicht für sie einzustehn. *Gereizt.* Ich vertrag das nicht! Versteh keinen Spaß mehr ... seit diesem ... Unfall. Man soll mich nicht reizen ... *Drückt Elsie plötzlich Papier und Bleistift in die Hand.* Da! Schreibe! Ich will deine Handschrift sehn!
Elsie schreibt in Schönschrift ihren Namen auf das Papier.
Er bricht in Lachen aus. Was denn? Herzklopfen? Wie da-

mals, da unten ... wie jedesmal ... Also du ... tatsächlich? Wo hast du es her? Aus Papas Bücherschrank? Herausgeschrieben aus den Dichtern? Da hätt ich also an ein Kind geschrieben, an die hundertmal ... die Nächte vertan, Gefühle verschwendet ... an einen Fratz! *Lacht wütend, bricht plötzlich ab, horcht.* Sie ist doch irgendwo? In ihrem Zimmer? In ihrem Bett? Sie hat doch langes blondes Haar, nicht wahr? Sie ist schon eine richtige Frau; erst 21, schreibt sie, aber reif für ihr Alter. Sie kennt das Leben. Hat viel durchgemacht. Wäre sie nicht gewesen, ständ ich nicht hier. Sie weiß Bescheid ... *Ihm kommt ein furchtbarer Verdacht.* Sag mal! Was weiß sie? An wen hat sie noch geschrieben? Und wieviele haben geantwortet? Stand sie auch mit denen schon auf du und du? Hängen Bilder über ihrem Bett? Ist schon ein anderer auf Urlaub gekommen? Ein Offizier vielleicht? Dick, wohlgenährt? Mit heilem Gesicht? Hat er das Verwundetenabzeichen? Die Narvikspange? Nahkampfabzeichen? EK I? Ist er gerade *Zeigt hinauf.* da, in ihrem Zimmer? *Ihn packt eine wahnwitzige Wut.* Was auch immer, eine Nutte, ein Kind! *Er reißt Elsie herum.* So ungeschoren kommt ihr mir nicht weg! Das kann die Heimat nicht mit uns machen! Ich weiß, was mir zusteht! *Er versucht, Elsie zu vergewaltigen, legt dann seine Hände um ihren Hals, drückt zu.* He, he, du verhungerte Katze, das einzige, was man machen kann mit dir, das ist erdrosseln, dazu taugst du, ah, das ist ... gut ist das ... *Er rutscht plötzlich neben Elsie, die reglos daliegt, auf dem Boden zusammen, nimmt sie zärtlich in den Arm, murmelt schlaftrunken.* Mein Gott, Tierchen. Kalt ist es. Rück näher, daß man sich wärmen kann. Die erste Liebesnacht in der Heimat ... wenn ich nicht so müde wäre, vierzig Stunden von da unten hier herauf ... *Singt.* »für eine Nacht voller Seligkeit ...« *Er will sich aufrichten, fällt zurück.* Lassen Sie mich nur ein paar Minuten. *Küßt Elsie die Hand, murmelt.* Empfehlen Sie mich dem Herrn Papa, der Frau Mama, ich lasse grüßen, morgen gehts weiter, nach Hause ... wer weiß, ob mir nicht irgendwo *Pause.* Ob nicht auch mir ... das Glück noch ... *Er schläft*

Säurekeller. Elsie kommt zu sich, richtet sich verwirrt auf. Lona erscheint, nimmt zunächst den Soldaten nicht wahr.

Lona Elsie! Wo bist du? Wir sind allein. Sie sind ins Theater gegangen ... Deine Mutter, Fräulein Tilda. Zur Operette *Singt.* »Mein Herr Marquis ...« Du sollst schlafen gehn, Elsie. *Sie sieht den Soldaten.* Oh, du lieber Gott, Elsie ... *Elsie wirft sich in Lonas Arme, schluchzt. Lona erfaßt die Situation, streicht Elsie die Kleider glatt, über das Haar, über den Hals.*

Elsie Aber ich hab keine Angst gehabt, oder beinahe keine, Lona. Und ich werd auch niemals ... *Sie legt den Kopf auf Lonas Schulter.*

Lange Stille. Dann beginnt Lona aufmerksam den Schlaf des Soldaten zu beobachten. Elsie sieht auf. Lona deutet auf sein Gesicht.

Lona Da!

Elsie Ja.

Stille.

Lona Wie wenn er lacht.

Elsie Aber er kann nicht mehr lachen wegen der Narben.

Lona Weiß nicht genau.

Elsie Es können auch Schmerzen sein.

Lona Grausig.

Elsie Als ob er schon unter der Erde war.

Stille.

Lona Aber jetzt ...

Elsie Jetzt verändert es sich.

Lona Wird ruhiger.

Elsie Wie ein ... Ding wird es, ein Stück Holz oder so.

Lona Oder Stein.

Elsie Komisch. Jetzt ist es schon nicht mehr so schlimm. Jetzt hat er die ganze Welt vergessen. Lona, hast du schon jemals bei einem ... so einen Ausdruck gesehen.

Lona *lächelt:* Ja, manchmal.

Pause.

Bei manchem. *Sie deckt den Soldaten mit seinem Mantel zu.* Der muß mal hübsch gewesen sein.

Lichtwechsel

Domplatz. Metzenthin auf dem Sockel des Rolands. Früher Morgen. Sonne. Metzenthin spielt auf seiner Mundharmonika: »My Bonnie is over the ocean« mit einem leichten Jazz-Sound, und der ist verboten.

Nolle *kommt in Uniform mit Sammelbüchse:* Wie spielst du das denn?

Metzenthin spielt weiter.

Hat dir deine Mammi das beigebracht? Das klingt seltsam, mein Lieber. Richtig exotisch hört sich das an. Woher hast du das? Das hast du nicht aus dir? Das hast du aus gewissen Sendern? Oder war deine Mammi eine Niggerin?

Metzenthin spielt.

Du solltest in den Musikzug gehn. Da hättest du wenigstens eine Funktion. Und bliebst im Takt.

Metzenthin *hört abrupt auf:* Ich hab mehr Funktion als ihr alle zusammen, wenn ich bis nachts in der Rezeptur steh, weil die Chemie-Industrie nur noch Schießpulver macht.

Nolle Du arbeitest immer so vor dich hin, immer allein, ohne Nebenmann. Im Musikzug wüßtest du, für wen du spielst.

Metzenthin Wenn du die Kolik hast und brauchst meine Pulver, da würdest du auf einen Nebenmann scheißen, da bist du mir als Einzelwesen dankbar.

Nolle Es ist ein Jammer. Ich halt was von dir. Du bist nicht so, wie die anderen sagen.

Metzenthin *unruhig:* Was sagen die anderen?

Nolle schweigt vielsagend. Inka und Almuth kommen mit Sammelbüchsen und Schachteln mit bunten Schmetterlingen, die verkauft werden sollen.

Inka Kauft Abzeichen Leute!

Almuth *klappert mit der Sammelbüchse:* Raus mit den Groschen!

Inka Mir geht jeder ins Netz.

Nolle Glaubst du an Vibrationen? *Er ergreift Metzenthins Handgelenk.* Ein untrügliches Zeichen! Du bist kein Roter, auch wenn du aus der Unterstadt bist, und ein Jude bist du auch nicht, das seh ich am Blick. Aber du hast verquere Gedanken, das weiß ich genau. Die liegen im Widerstreit mit der Vernunft. Du ringst noch mit dir.

Pause.
Was auch erzählt wird in der Stadt, ich denke positiv von dir. Wirst es noch begreifen, Pillendreher.

Metzenthin Manchmal, an so einem Morgen, kommt mir alles ganz einfach vor, da denk ich, es ist eine Klarheit im Wetter, die ist übertragbar. Und ich stelle mir vor, es müßte was bewirken in den Leuten, *Pause.* daß es in den Leuten weiterdenken könnte, und dann habe ich ein Gefühl ...

Almuth Oh, ich auch! Ich auch!

Inka Wenn die Sonne früh auf die Aschenbahn scheint, und es riecht so ...

Metzenthin Dann möcht ich glauben, daß alles von selber ... vernünftig wird, sozusagen vollkommen ... wie dieses Haus. *Zeigt auf die Apotheke.* Dies ist ein vollkommen schönes Haus – wozu also zweifeln: bin ich eventuell der letzte und der einzige ...? Dann denk ich, ich möchte eine Ansicht kriegen von der Welt, wie alle andern, also daß ich nicht mehr schwanke ...

Alle schweigen, horchen. Die Vögel singen. Die Sonne scheint sekundenlang so intensiv und blendend, daß man fast das Bewußtsein verlieren könnte. Dahinein plötzlich ein Gelächter, das aber unheimlich wirkt, weil nicht auszumachen ist, ob es nicht ebenso ein Geschrei sein kann.

Nolle Ein Verruckter!

Metzenthin *springt auf und läuft zur Haustüre, horcht:* Elsie!

Inka Da muß was passiert sein.

Metzenthin Habs schon geahnt. Wir haben vergessen, an Holz zu klopfen.

Almuth So ist es immer. Immer, wenn ich mal richtig froh bin, gleich kommt was dazwischen.

Lona tritt mit Milchflaschen aus dem Haus.

Metzenthin *zu Lona:* Was war denn?

Lona Was soll gewesen sein?

Almuth Hat Elsie gelacht?

Inka Oder geschrien?

Lona Ach so. Das war nichts. Nur Spinnerei. Geträumt hat sie eben.

Inka Was denn?

Lona Sie hat immer so Träume.

Inka Erzählen Sie mal.

Almuth *altklug:* Träume haben immer einen wahren Kern.

Lona Neulich zum Beispiel hat sie geträumt, sie müßte verhungern. Sie steht auf und will in die Speisekammer. Da stehen drei Mütter davor. Sie sehen aus wie ihre Mutter, ihre Tante und Inkas Mutter. Nur alle viel größer. Pechschwarze Kleider. Die halten die Tür zu. Elsie nimmt einen Anlauf und will da durch. Aber eine unsichtbare Macht hält sie zurück. Sie will schreien und kann nicht. Da hört sie eine Stimme sagen: Das ist nicht meine Tochter. Da hat sie auch geschrien. Noch schlimmer als heute.

Nolle Ziemlich verräterisch ... so ein Traum.

Almuth Es ist psychologisch.

Nolle Da sieht man, was Feindpropaganda bewirkt.

Almuth Im Unterbewußtsein.

Nolle Dabei ist noch alles da. Genügend.

Lona Ja wirklich. Sogar Milch kriegt man noch, wenn auch entrahmt.

Die Mutter erscheint mit Elsie am Fenster.

Mutter *ruft zu Lona hinüber:* Sehn Sie nach der Post, Lona?

Elsie *ruft ihren Freunden zu:* Geht schon vor. Ich komm später. Ich hole euch lange ein.

Mutter Die Träume, Elsie, es ist die Unlogik, nicht wahr ... was wir nicht durchschauen können, macht uns Angst. Jetzt, hier am Tage ist alles anders; Ursache und Wirkung berechenbar ... Siehst du, die Sonne scheint. Das wird ein schöner Tag. Nun trink deinen Tee.

Oswin *schnell heran:* Paris ist gefallen! Schalten Sie schnell das Radio ein.

Laute Sondermeldungsfanfaren.

Hören Sie! Das bringen sie schon den ganzen Morgen! Paris ist zur offenen Stadt erklärt. Es gibt keinen Widerstand! Es fällt kein Schuß! Die deutschen Soldaten marschieren ein. Paris: der Eiffelturm, das Panthéon, Folies-Bergères! *Schnalzt mit der Zunge.*

Inka, Almuth, Nolle und ein Passant umarmen sich, tanzen auf der Straße herum.

Das war mal wieder deutsche Präzisionsarbeit, wahrhaftig!

Mutter *zu Lona:* Und wo ist die Post?

Lona Es ist wieder nichts da.

Mutter Na, also, dann war das der Grund. Alle Zügen fahren nach Westen, alles ist auf Paris dirigiert, wie soll da auch Post kommen? Oh, mein Gott, Elsie, es geht zu Ende. Wir haben gesiegt! Nun wird er selbst bald vor der Türe stehn, man weiß ja nicht, vielleicht schon nächste Woche, oder morgen, oder ... heute ... Lona, wir müssen Blumen besorgen!

Metzenthin Ich würde noch warten ... vorsichtshalber, ich meine ... daß man das Geld nicht umsonst ausgibt.

Mutter *zu Oswin:* Er redet immer neunmalklug dazwischen! Und selbst wenn eine Sache logisch ist wie zwei mal zwei gleich vier, er muß dagegenreden! Mir gefällt das nicht, wissen Sie.

Oswin Wird Zeit, daß Frieden kommt. Was in der Heimat sitzt, ist doch nur Ausschuß. Wenn ich nicht das hier hätte ... *Zeigt sein zu kurzes Bein.* ich kanns noch nicht fassen, wir sind in Paris! Heut in Paris und morgen wer weiß wo!

Jetzt ist das England-Lied aus dem Radio zu hören: »Gib mir deine Hand, deine weiße Hand, leb wohl, mein Schatz« etc.

12. Bild

Inka, Elsie, Almuth bei Tilda an der Nähmaschine, die mittels einer Perlenkette Photographien auspendelt.

Almuth Ein Kreis bedeutet, daß er noch lebt.

Inka Und eine Linie, einfach hin und her, daß nicht.

Elsie Und es hat immer gestimmt, Tante Tilda?

Tilda Hundertprozentig. Es ist immer alles eingetroffen. Bei unserer Mutter damals, deiner Großmutter, Elsie, dann auch, wie das Charlottchen, deine Halbcousine starb, und so bei vielen vielen anderen.

Elsie Ein Kreis! Ein Kreis!

Almuth Oh, Gott sei Dank, ein Kreis!

Tilda Noch ist es ein Kreis.

Almuth Ich werde jede Woche wiederkommen.

Tilda Armes Kind. Sind eigentlich deine Eltern ... damit einverstanden?

Almuth Wieso Eltern?

Tilda Ich meine, verkehrt er in deinem Elternhaus?

Inka Aber sie kennt ihn doch gar nicht!

Tilda Das verstehe ich nicht.

Elsie Er ist doch nur aus der Illustrierten. Ein Ritterkreuzträger. Sie hat ihn sich ausgeschnitten. So ziemlich alle in der Klasse haben einen.

Inka Aber Almuths ist der berühmteste!

Tilda *schiebt das Bild, das Almuth ihr gegeben hat, zu Seite:* Das gefällt mir nicht. Solche Phantasien! Und noch dazu mit einem Unbekannten! Als ich verlobt war im vorigen Krieg – ich hab mir jede Art von Vorstellung verboten. Und wie gut, wie gut! Er ist ja dann gefallen, der Herr Doktor Struck, mein Bräutigam – so hatte ich mir nichts vorzuwerfen.

Inka Ich wüßte nicht, was es schaden soll.

Tilda Es brennt, mein Kindchen, jeder unerfüllte Wunsch, jeder Traum, den man begraben muß, das brennt wie Feuer.

Elsie Der Mensch hält viel aus.

Tilda Niemand hält aus. Jeder betäubt sich: schnell auf den alten Schmerz gleich eine neue Vorstellung, ein verrückteres Bild, und so fort, so fort.

Elsie Wie im Kino!

Tilda Ja, jawohl! Im Inneren, da läuft ein Kinofilm mit, immer spannender, immer wilder ... Ein Traum, von dem niemand erfahren darf. Die unterdrückten Träume aber ... die werden zum Alp ... *Leise.* Zum Alptraum, ja. Ich weiß Bescheid. Die Leute behaupten, ich wüßt' nichts vom Leben, sie irren. Ich weiß mehr. Mehr als meine Schwester Therese, mehr als die Verheirateten ... und alle die da draußen, Elsie. Ich sehe, wie sie unersättlich werden; ich sage, der Mensch ist ein Nimmersatt. Ich kenne das Leben ... ja, und die Liebe, die kenne ich auch.

Elsie Und woher ... Tante Tilda?

Tilda Ich denke nach.

Elsie Also stellst du dir auch was vor?

Tilda Ja. Jawohl. Aber theoretisch-wissenschaftlich, das ist der Unterschied zu diesen ... unverantwortlichen Ausschweifungen. Nun geht mir weg mit euren Soldaten.

Elsie *schiebt Almuth und Inka beiseite:* Weg mit den Soldaten, und nur noch Verwandte. *Gibt Tilda ein Bild.*

Tilda *entzückt:* Das ist ... ja, Ludwig, wie er leibt und lebt, der Vater! *Sie beginnt zu pendeln.* Das muß am ersten Ostertag gewesen sein bei Tante Aldi ...

Elsie *warnend:* Tante Tilda!

Tilda Wie er im Garten den Schneemann baut! Ach, Elsie, wie reizend er lacht!

Elsie Tante Tilda, es wird kein Kreis!

Tilda Wieso? *Sie hält das Pendel an.* Was ist das auch für ein Bild, so unscharf! Man kann ja kaum die Konturen sehn.

Almuth Aber mein Hauptmann ist blasser gewesen...

Stille.

Tilda Da seht doch hin. Soll das kein Kreis sein? Der Vater lebt. Er kommt nach Hause.

Sie hört auf, nimmt Elsies Hand, läßt die Kette darüber kreisen. Und jetzt pendeln wir aus, wieviel Kinder ihr kriegt!

Lichtwechsel

13. Bild

Freies Feld vor dem Mausoleum. Elsie, Inka, Almuth beim Rübenverziehen. Inka ist den beiden anderen weit voraus.

Almuth *richtet sich auf:* Ist nicht bald Mittag?

Elsie Wir müssen die Reihe fertig machen. Inka ist schon so weit.

Almuth Sie mogelt. Sie reißt einfach alles weg. Das ist keine Kunst. Die stärkste Pflanze muß stehen bleiben. Ich kann mich nie entschließen, was ich stehen lassen soll, darum bin ich zurück. Mir tun auch die Knie weh. Tut dir nichts weh, Elsie?

Elsie zeigt ihre Knie.

Oh je, die sind durch! Ich muß was trinken. *Ruft.* Wartet so lange!

Alle richten sich auf.

Elsie Wenn hier jetzt Alarm käm.

Inka Das machte uns nichts.

Almuth Sie verschwenden ihre Bomben nicht im freien Feld.

Elsie In Karlsruhe ist schon ordentlich was los gewesen. Bekannte von Tilda sind ausgebombt, die Nachbarn nebenan verschüttet, und der jüngste Sohn auf der Straße verbrannt. Sie haben nur noch ein Skelett gefunden, ganz klein und schwarz.

Almuth Aber manche, die sie aus den Kellern holen, die sehen aus, als lebten sie noch. Als ob sie nur schliefen.

Inka Die sind bloß erstickt.

Elsie Am Kohlenoxyd.

Almuth *leise:* Elsie, glaubst du, daß es eine Vorsehung gibt, wie immer gesagt wird? Keinen Gott, eine Vorsehung? Glaubst du ... Elsie?

Elsie Manchmal ja, manchmal nein.

Almuth Hier sehn sie uns nicht. *Sieht ängstlich zum Himmel.*

Elsie Höchstens Tiefflieger.

Inka Wenn du dich flach in die Furche legst, dann kann dich nur ein Volltreffer erwischen!

Inka und Elsie legen sich flach in die Rüben. Almuth trinkt. Ein polnischer Kriegsgefangener mit dem Zeichen P auf der Jacke erscheint lautlos. Almuth fährt zusammen.

Almuth Gott, bin ich erschrocken. Kommt doch hierher, daß wir zusammen sind! Wie der guckt.

Stille. Der Pole und die Mädchen fixieren sich.

Gefährlich!

Elsie Vielleicht hat er nur Hunger.

Inka *holt Brot aus ihrem Brotbeutel, gibt es Elsie weiter:* Da! Wirfs ihm rüber. Es ist Grießaufstrich drauf. Da wird mir schon gleich schlecht.

Elsie *hält dem Polen das Brot hin:* Er nimmt es nicht.

Inka Die fressen alles.

Almuth Und man darf gar nicht mit ihnen sprechen. Das ist verboten.

Elsie Ich sprech ja auch nicht.

Almuth Aber du gibst ihm was. Das ist noch viel schlimmer. Richtig tierisch sieht er aus.

Elsie *lockt den Polen wie einen Hund:* Komm, Hasso, komm!

Almuth So laß das doch, Elsie, man darf sich nicht einlassen!

Elsie *nähert sich dem Polen; der rührt sich nicht, sieht starr auf das Brot:* t,t,t, ... Bist ja auch nur ein armer Hund. Mit Hunden ist's nicht untersagt. Er ist furchtbar verhungert.

Inka nimmt plötzlich das Brot und wirft es weg.

Almuth Was machst du denn jetzt?

Inka Ich werfs in den Bach.

Almuth Ich versteh nichts mehr! Hättst du es irgendwohin geworfen, daß er's später finden kann. Jetzt wird er wütend, und wir ganz allein hier. Wenn der uns umbringt, keiner würd's sehn.

Der Pole entfernt sich und lacht Inka zu.

Jetzt grinst er auch noch. *Zu Inka.* Warum lacht er, wo du

dich so benimmst? Das gute Brot! Er hätt's ja gebraucht. Nein, das versteh ich nicht!

Inka Wer weiß, was er braucht. Weißt du es, Elsie?
Sie stößt Elsie um, die fällt und zieht Inka mit sich, sie rollen übermütig auf der Erde herum.
Der eine weiß was, der andere nicht! Was, Elsielein, wir zwei wissen alles! *Sie richtet sich plötzlich auf, nach einer Pause.* Heiliger Petrus, ich hätte lieber einen Volltreffer jetzt . . . hier . . . auf freiem Feld, als daß ich zu Haus in der Schule verschimmel!

Ende des ersten Teils

II. Teil
Im Kessel

1. Bild

Man sieht gleichzeitig Tilda mit Frau Belius an der Nähmaschine und Lona mit Almuth am Herd. Elsie, obgleich erwachsener wirkend, wieder auf ihrem Lieblingsplatz zwischen beiden Spielorten auf der Erde.

Belius *zu Tilda, die an einem schwarzen Hut mit Schleier hantiert:* Sie verstehn sich aber auch auf alles, Fräulein Tilda! Ein schöner Hut!

Tilda Wie machen wir es nun mit dem Voile? Drapiert oder hängend, als Schleier, vor dem Gesicht? *Sie probiert, wie es besser aussieht.*

Belius *hinter dem Schleier:* Das wäre wohl elegant. Man trägt es aber nur bei Ehegatten, denke ich.

Tilda Oh ja, Verzeihung, es ist nur der Sohn.

Belius Nur der Sohn, Fräulein Tilda, das sagt sich so. Sind Sie froh, daß Sie keine Kinder haben. *Wendet sich wieder dem Hut zu.* Aber Sie haben schon recht, natürlich! Es säh irgendwie ... übermäßig aus. So, als distanzierte man sich vom Geschehen. Unangemessen.

Tilda Wir könnten es so als Girlande legen. Wie gefällt Ihnen das? Oder in kleinen seitlichen Tuffs?

Belius Das Schlichte ist immer das Beste, Tilda. Oh ja, die Zeiten sind hart. Aber distanzieren darf sich keiner. Das muß durchgestanden werden bis zum Sieg. Also keinen Schleier sondern Tuffs. Obwohl das andere schon hübscher wär.

Almuth *zu Lona, die dabei ist, sie zu schminken:* Den Mund, Lona, ruhig ein bißchen größer, daß er voll erscheint. Ich möchte einmal anders aussehen.

Lona Es verändert aber den Ausdruck sehr. Wenn ich zu weit drübergeh, wird's unnatürlich.

Almuth Nun gehen Sie schon ... so weit Sie können.

Lona Und wenn der Puder so weiß ist, dann wirst du ein Vamp.

Almuth Ach ja, bitte! Ich hab es satt, herumzulaufen, so ... so altbekannt, jeden Tag mit dem gleichen Gesicht, ewig mit meinem eigenen ...!

Lona Mit was für einem sonst?

Almuth Mit einem ... was einer sich vorstellen möchte, draußen, abends, im Unterstand, irgendwie ... dämonischer ... Sie wissen schon, Lona, wie sie es wollen.

Pause.

Die Soldaten ... als ob Sie nicht wüßten, was sie so wollen!

Lona Einer so, einer anders. Du bist doch gar nicht so häßlich, Almuth. Ich versteh eigentlich nicht ...

Almuth Wenn ich ihn heute am Bahnhof treff, und er sieht mich zum letzten Mal ... er müßt ... erstaunen, Lona, ist das Oswins Tochter, müßt er fragen, heißt sie wirklich Almuth, oder ... So würde er mich im Gedächtnis behalten.

Lona Wenn man zaubern könnte.

Belius Diese seitlichen Tuffs sind nicht übel. *Steckt sich endlich die Zigarette an, auf die sie während der Anprobe verzichten mußte.* Ja Fräulein Tilda, wie gesagt, zahlen muß man und ... schweigen. Nachts, wenn ich nicht schlafe, spreche ich mir vor: Wie reich bist du noch mit deinen dreien! Aber der Älteste, Tilda, Sie wissen nicht ... können nicht wissen, was das bedeutet! Die anderen, natürlich, man liebt sie auch, man hat sich gefreut auf sie, aber die sind letzten Endes in die Welt gepurzelt, sind einem zufällig zugestoßen, nur den Ältesten hat man sich vorgestellt, noch bevor er auf der Welt war ...

Pause.

Was machen wir hier jetzt? *Sie zeigt auf den Ausschnitt des schwarzen Kleides.* Das ist etwas kahl, wie? Was wollt ich sagen ... ja, der Älteste, das ist der fleischgewordene Gedanke.

Lona Gut so?

Almuth Was weiß ich, was gut ist oder schlecht! Sie wissen es. Sie sollen ja fast alle in der Stadt intimer kennen. Das ist natürlich, in gewisser Weise, auch nicht ganz normal. Was haben Sie an sich? Wie machen Sie es?

Lona Es kommt auch auf den Charakter an.

Almuth Daß ich nicht lache!

Belius *holt das Mutterkreuz aus der Handtasche, hält es in den Ausschnitt; Tilda mit dem Handspiegel davor:* Was meinen Sie dazu? Ich habe das ja nie getragen, unter uns, es ist schon ein kitschiges Ding, aber hier zu dem Kleid und in meiner Situation? *Zu Elsie.* Wie gefällt dir das mit dem Mutterkreuz, Elsie?

Elsie Kriegt Inka jetzt auch ein neues Kleid?

Belius *lacht:* Da sehen Sie, die Kinder . . . sind glücklich dran! Das hat schon Hölderlin erkannt, unsterblich und glücklich, ja, die Kinder und die alten Jungfern, Pater . . . pardon! Auch Inka bekommt ein Kleid, natürlich, schwarz-weiß gemustert, damit sie's auch bei anderen Gelegenheiten tragen kann.

Almuth *sich jetzt ebenfalls in einem Taschenspiegel betrachtend:* Und das soll schon fertig . . . soll alles sein?

Lona *zuckt die Achseln:* Ich find es ganz schön.

Almuth *hält den Spiegel weiter weg. Plötzlich beginnt sie, die Schminke im Gesicht zu verwischen und schreit:* Sinnlos alles, wenn du häßlich bist, und sonst weiter nichts, keine Persönlichkeit oder so, keine Schönheit, aus keiner »Familie« . . . Oswins Tochter und sonst weiter nichts . . . Und heut ist der letzte Tag . . . *Klammert sich an Lona.* Hilf mir doch, Lona, daß er mich ansieht, Nolle, zum Abschied, hilf mir doch, hilf mir . . . *Sie hält Lona fest.*

Elsie, die bisher mit Frau Belius' Hut beschäftigt war und ihn sich aufgesetzt hat, rennt, den Schleier festhaltend, zu Almuth und Lona hinüber, starrt beide an.

Belius *ruft hinterher:* Elsie! Zum Teufel! Da hat sie mir tatsächlich den Voile zerknüllt.

Lichtwechsel

2. Bild

Am Mausoleum. Konradi, Hauptmann der Fallschirmjäger, auf einer Bank. Elsie, Metzenthin, Almuth und Lona hinter einem Gebüsch verborgen. Später Inka. In der Ferne Marschmusik.

Elsie Da sitzt er!

Almuth Aber schwer in Gedanken.

Elsie Als ob er noch gar nicht zu Hause wär.

Almuth Er denkt noch d a r a n.

Metzenthin Es heißt, er hätt die Malaria gehabt.

Lona Er soll bei Malames direkt ins Feuer gesprungen sein. Meine Freundin kennt einen, der mit ihm war. Hat dann die Stellung stundenlang gehalten. Er war der letzte Überlebende. Ein Wunder, daß er noch herausgekommen ist.

Inka *mit Blumen im Arm:* Wir sind auf dem Panzer mitgefahren! Die Soldaten haben uns raufgeholt! Aber ich hab meine Blumen nicht ausgestreut, weil Konradi nicht bei der Feier war.

Lona Bring sie ihm jetzt!

Inka Ich kann nicht. *Zu Elsie.* Geh du!

Elsie Nein, du!

Lona Es müßte ganz unabsichtlich erscheinen.

Inka Unmöglich.

Elsie Lona du?

Inka *steht unschlüssig. Dann plötzlich:* Ich geh.

Elsie Ich leg mich dahinter in die Büsche. *Zu Almuth, Metzenthin und Lona.* Bleibt hier. Ich erzähl dann schon, was ich hören kann.

Inka geht langsam vorwärts, Elsie hinterher.

Almuth *leise:* Sie geht wirklich.

Elsie *wendet sich zu den anderen um:* Jetzt merkt er was. Sie bleibt stehen. Er sagt, sie soll näher kommen.

Pause.

Lona Was sagt er?

Elsie Still doch! Ich hör nichts. Er sagt ... Sie soll kommen, sagt er. Aber nicht von da. Von der anderen Seite soll sie kommen. Daß er sie gegen die Sonne sieht. Er sagt ...

Almuth Was?

Elsie »Du siehst aus, Mädchen«, sagt er, »als ob du strahlst.«

Metzenthin Bißchen merkwürdig, wie?

Elsie versteckt sich in der Nähe der Bank.

Lona Jetzt setzt sie sich zu ihm ...

Almuth Sie sprechen ...

Lona Es hat geheißen, er spricht mit keinem.

Almuth Die reden alle nicht viel, die in Kreta waren.

Lona Aber er, sagt meine Freundin ... richtig merkwürdig soll er geworden sein.

Almuth Aber jetzt ... mit Inka spricht er, hört ihr ...?

Elsie kommt atemlos und entsetzt angerannt.

Was war denn?

Lona Was sagt er?

Almuth Was machst du für ein Gesicht?

Elsie *wiederholt das eben Gehörte:* »Du siehst aus, Mädchen, als ob du strahlst. *Schnell, mechanisch.* Die Buddhisten sagen: der Mensch ist nur ein Bündel Licht. Schöner Gedanke – sich in Licht auflösen, wenn es soweit ist! Oder in der Luft zerplatzen ...«

Almuth Was denn?

Elsie »Wärst du in Kreta gewesen, Mädchen, du hättest Menschen am Himmel zerplatzen sehn. Und fliegende Leichen ...«

Almuth Hör auf, hör auf!

Elsie *schnell:* »Fliegende Leichen ... die segeln zu Erde, schlagen auf. Bleiben liegen. Verfaulen. Werden zu Aas ...« *Hält sich selbst die Ohren zu.*

Lona *Konradi und Inka beobachtend:* Jetzt ist er still.

Almuth Er flüstert nur noch.

Lona Er hält die Hände vor das Gesicht ... jetzt! Er legt den Kopf in meinen Schoß ... herrjeh, was sag ich, ich meine, in Inkas Schoß.

Elsie Er schluckt so komisch, als ob er weint.

Almuth Das ist nicht wahr!

Metzenthin Ist er verrückt geworden?

Elsie Kann auch sein, er lacht. Jetzt steht er auf. Psst, er will weg.

Alle sind sprachlos.

Almuth *ruft:* Inka! Warte doch, Inka! Warum will sie nicht mit uns sprechen?

Lona Komm, laß schon ... *Mit Almuth ab.*

Elsie hockt auf dem Boden, starrt hinter Konradi und Inka her. Metzenthin geht zu ihr.

Metzenthin Wie sagt man, es wär die Malaria gewesen? Es ist nicht die Malaria, Elsie ...

Elsie Warum geht sie ihm nach und er guckt sie nicht an? Dreht sich nicht einmal um!

Metzenthin Es muß was anderes mit ihm sein ...

Elsie Sie läuft hinterher ... und er will sie nicht!

Metzenthin Wie mir allmählich klar ...

Elsie Läßt sich wegstoßen ... Metzenthin ... da! ... sie ist hingefallen ... steht wieder auf ... und rennt hinterher. *Empört.* Metzenthin, hat sie denn keinen Stolz?

Metzenthin *abwesend:* Was sagst du?

Elsie Glaubst du, er ist verrückt geworden?

Metzenthin schüttelt den Kopf.

Aber Inka ... hat sie den Verstand verloren, daß sie sowas ... ich versteh nicht, Metzenthin, kannst du verstehn, was es bedeutet?

Metzenthin *zieht sie nah an sich heran:* Das bedeutet es, Elsie.
Elsie *sieht noch immer zu Konradi und Inka hinüber, die jetzt nebeneinander gehn.*
Ja, wie kann sie aber …?
Metzenthin hält sie fest, langsam vergißt Elsie die beiden anderen, wendet sich ihm zu.
Metzenthin Hier bist du …
Umarmung.
Lichtwechsel

3. Bild

Am Herd. Lona putzt Silber (!), Elsie lungert herum. Die Mutter kommt mit einem Kleid in der Hand.
Mutter Dieses Kleid, Lona, zufällig fällt es mir in die Hände, wie ich meinen Schrank durchsehe, es kommt mir so seltsam vor, der Saum abgetreten, an den Ärmeln verschwitzt; es riecht auch komisch; wie kann das passieren, wenn es im Schrank hängt? Wo sind Sie gestern gewesen, Lona, bis spät in die Nacht, ich habe die Treppe knarren gehört, auch wenn Sie immer auf Strümpfen gehen, wie war es beim Tanz? Ich gönne jedem sein bißchen Vergnügen, ich bin die letzte, die Ihnen nichts gönnt, aber jetzt – es sind ja nur noch Alte oder Krüppel in der Stadt, Ihr Freund, Herbert Nickel, schreibt jede Woche – noch schreibt er, er steht bei Woronesch, er hält den Kopf hin, ehrlich gesagt, ich verstehe das nicht, kann mir nicht vorstellen, was Sie sich dachten, als Sie mein bestes Kleid – eines meiner besten Kleider – sagen wir: ausliehen … ich hüte es für die Zeit nach dem Krieg, auch wenn ich mir aus Kleidern nichts mehr mache, auch wenn mein Mann nicht wiederkommen sollte, aber er könnte wiederkommen, es sind schon Vermißte wiedergekommen, ich geb mich keinen Illusionen hin, aber ich rechne mit allem, man muß ja rechnen nach allen Seiten, und auch in die Zukunft, man weiß nicht, was kommt. Die hundert Punkte auf der Kleiderkarte sind schnell weg; jeder muß heute den Verstand einschalten, darf nicht mehr träumen, muß denken, Lona, denken, um zu überleben. Die Vernunft, das ist es, Lona … Ich hätte gerne eine Antwort: Was in aller Welt haben Sie sich gedacht?

Lona Ich dachte, nein, ich habe nichts gedacht. Oder doch . . . ich habe ja bloß jetzt gedacht . . .
Mutter *steckt das Kleid in den Mülleimer:* Nun ist es hin! *Zornig ab.*
Lona Ja, das hab ich gedacht.
Elsie holt das Kleid aus dem Müll, breitet es auf der Erde aus, streicht es liebevoll glatt.
Lichtwechsel

4. Bild

Am Rauchtisch. Elsie macht Schularbeiten, zeichnet Baumrinde nach der Natur. Tilda kramt nebenbei in einem Schränkchen.
Elsie *das Blatt hochhaltend:* Tilda, wie findest du es?
Tilda Wenn du mich fragst, es sollte mehr Farbe hinein, gelb oder rot, daß es freundlicher aussieht. Auf mich wirkt es düster. Aber ich versteh ja nichts davon.
Elsie Es sind nur Naturstudien. Ich möcht einmal raus, auf den Platz, an die frische Luft.
Tilda Wozu? Die Menschen wollen nur immer hinaus, hinaus, wenn deine Mutter einen Tag nicht in der Stadt war, ist sie schlechter Laune, es geschieht aber nichts von Bedeutung draußen, alles Wichtige geschieht im Haus. Ich weiß es, bin immer zu Hause gewesen, schon als junges Mädchen immer bei der Mutter, ich war auch zu ernst. Und als das dann mit Herrn Doktor Struck passierte . . .
Elsie Hast du niemals gedacht, du möchtest mal weg?
Tilda Soll ich dir ein Geheimnis verraten? Was dir bestimmt ist, kommt zu dir, wo du auch bist. Auch zu mir wird es kommen. Man muß warten können. Ich habe so viele Jahrzehnte gewartet . . . es war nicht so schlimm. Sie ist ja beschrieben . . . die Welt, in Bildern und Büchern. *Sie wühlt in dem Schränkchen, ein verwelkter Blumenstrauß fällt heraus.*
Elsie Verwelkt und vertrocknet, wie schade, Tilda!
Tilda Nein, nein, gib sie her, meine schönen Rosen! Man muß sie aufbewahren für immer. *Sie zeigt Elsie schnell eine Ahnentafel . . .* für immer, siehst du, ist es aufgezeichnet auf der Ahnentafel, was einmal war, da hast du nicht nur ein einziges Leben, sondern viele; das geht weit zurück, wie man sagt: in das Dunkel der Zeiten.

Elsie Gut sieht das aus, wie ein Baum.

Tilda Ja. Hier sind die Wurzeln, das sind die ältesten, die man kennt ...

Elsie Die haben schöne Namen: »Auf dem Westen«, »Vom Goldenberg« ...

Tilda Aber der Leittrieb läuft da, da taucht schon der erste Wöllmer auf, unter Friedrich dem Zweiten nach Osten gewandert, der hat eine gute Partie gemacht; siehst du: verehelicht mit Petronella – einer polnischen Gräfin *Dämpft die Stimme.* mit Geld und riesigem Landbesitz. Der Sohn, ein Nichtsnutz und Hasardeur, hat dann alles in einer Nacht verspielt, das war wohl der Einfluß des slawischen Blutes ...
Das ist der Ururgroßvater gewesen!

Tilda *legt den Finger auf den Mund:* Man spricht nicht von ihm in der Familie. Seine Söhne, nach Westen zurückgewandert, sind aber alle wieder etwas Ordentliches geworden! Wie deren Söhne auch, und deren Söhne; so ist es immer aufwärts gegangen, und das da, die kleine Spitze, bist du ...

Elsie Und du, Tilda?

Tilda Ach ... ich bin ein abgestorbener Ast. *Trauriges Schweigen.* Macht nichts. Wenn es bei dir nur einmal weitergeht, mein Kleines. Siehst du, da ist der Platz für deine Kinder.

Elsie Aber der Name stirbt mit mir aus.

Tilda »Blutsmäßig haben wir das ewige Leben«, schrieb neulich ein Professor im »Reich«! Wenn man Kinder hätte ... Du wirst einmal glücklicher sein. Du mußt nur zusehn, daß der Mann, den du dir aussuchst, gutes Erbgut hat, daß nichts verwildert ... sozusagen.

Elsie Ich wüßte gern, wie Petronella ausgesehen hat oder der Nichtsnutz, ihr Sohn.

Tilda Es gibt keine Bilder. Sie sind verloren.

Elsie Und wenn der Stammbaum verloren geht, dann sind sie alle ganz vergessen, auch die Namen.

Tilda *nach einer Pause:* Als ob sie nie gewesen wären.

Elsie Wird dir auch so komisch, wenn du es denkst?

Tilda Das ist nicht auszudenken. *Gibt sich einen Ruck.* Und man soll es auch nicht. Nichts aufkommen lassen! *Sie sieht Elsie prüfend an.* Du siehst schon etwas besser aus, seit deine Mutter dich im Hause hält. Jedenfalls nicht mehr so mager wie sonst. Halt dich mal ran, daß du fertig wirst. *Sie geht hinaus.*

Sofort klopft Elsie dreimal mit dem Bleistift auf den Fußboden. Im nächsten Moment ist Metzenthin da.

Elsie Metzenthin, findest du die Zeichnung düster?
Metzenthin setzt sich neben Elsie, legt den Arm um ihre Schultern. Sie wirken sehr vertraut. Er sieht lange und aufmerksam das Bild an.

Metzenthin Ich habe immer gedacht, daß du etwas weißt, was andere nicht wissen. Immer schon. Man kann es sehn. Schenk mir das Bild.

Elsie Wer hängt sich denn Baumrinde auf.
Pause.
Ich muß es auch für die Zensuren abgeben.

Metzenthin Auf später. *Er bleibt am Tisch stehen, schiebt unschlüssig die Baumrinde hin und her.* Warum ist diese Rinde überall durchlöchert?

Elsie *zeichnend:* Weil es dekorativ ist.

Metzenthin Und die Ränder wie angebrannt. Woher stammt diese Rinde?

Elsie Aus dem Generalgouvernement. Die Löcher sind Einschüsse, sagt Konradi. Da werden nachts an den Bäumen die Polen erschossen.

Metzenthin Welche Polen?

Elsie Konradi sagt: wir sollen uns die Rinde sehr genau ansehn. Der Struktur wegen. Er läßt sie sich schicken von Kriegskameraden. Es gibt so schöne alte Bäume da in Polen. *Sie sieht Metzenthin starr an.*

Metzenthin Was ich immer geahnt hab. Es kann nicht die Malaria sein. Er hat einen Einschuß im Kopf, Konradi.

Elsie *ihn noch immer fixierend:* Und er könnte die ganze Schule beliefern.
Pause.
Er wird uns noch ... andere Sachen zeigen.

Metzenthin Ich halt' ja schon vieles für möglich. Aber solche Märchen ... das ist ...

Elsie Es ist nur Baumrinde, Metzenthin!

Metzenthin Das wäre ... ungeheuerlich! *Er prüft noch einmal die Borke.*
Lichtwechsel

5. Bild

Vor der Apotheke. Vormittag. Winter. Direktor Rodewald mit Krückstock und einer dreispitzartigen Pelzmütze, neben ihm eine schwarzverschleierte Frau. Elsie, in einigem Abstand vor dem Roland hockend, hört zu.

Rodewald Sie meinen, ich soll eine Ausnahme machen? Liebe, verehrte gnädige Frau, wo käme ich hin ... ich müßte denn hundert Ausnahmen machen, wollte ich alles berücksichtigen, die dezimierten Familien zum Beispiel, fast jede Familie ist dezimiert, überall ist die Ordnung gestört. Das einzige Kriterium muß die Leistung bleiben ... *Stochert mit seinem Stock im Schnee, unsicher.* Obgleich ... die Folgen des Schmerzes sind unterschiedlich, ich weiß, ich weiß ... Sie sagen, sie wäre verändert seit kurzem, äße zuviel, verschlänge überdimensionale Portionen, und das, wo alles gekürzt worden ist, die Fettration auf 125 Gramm pro Woche, da ißt sie also auf Kosten der anderen, ein kleiner Parasit, nicht wahr, ein kleiner Volksschädling. *Schüttelt den Kopf.* Seltsam, dieses Wort ... wie lebendig doch unsere Sprache ist, oder besser: wieder geworden ist ... Volksschädling, das ist ein bildhaftes Wort, das interessiert mich als Philologen ... »Deutschland erwache«, sagen sie, und wir sollten nicht lachen, denn auch das hat seine Wahrheit für sich, wenn die Sprache erwacht, die Sprache als Spiegel der Seele des Volkes ... Ihr Herr Gemahl, liebe verehrte ... ich habe ihn mehr geschätzt, als ich sagen kann, aber hat er sich nicht etwas *Pause.* abseits gehalten, herausgeschlichen aus dem allgemeinen Aufbruch ... *Verbeugung.* was meine Anteilnahme nicht mindert ... ich setzte Ihnen seinerzeit schon meinen Standpunkt auseinander: Wir, die wir durch Erziehung und Milieu zu Zauderern geworden sind, wir müssen wieder handeln lernen, nicht zaudern, handeln ... Und ich w e r d e handeln, liebe Frau Wöllmer. Ich werde ... *Verzweifelt.* ich k a n n Ihre Tochter nicht versetzen!

Mutter *schlägt mit einem Ruck den Witwenschleier zurück, erregt:* Mein Mann ist bei Dijon gefallen, die Marke hat man nach elf Monaten gefunden, mein ältester Bruder bei Saloniki, einen Vetter hat's im Atlantik erwischt ...

Rodewald *nimmt ihre Hand:* Wer sollte das weniger begreifen als ich! Auch meine Familie hat zahlen müssen, und nicht zu knapp; wenn ich sie alle zusammenzähle...

Mutter Ich habe noch nicht von den anderen gesprochen, den Vettern zweiten Grades, dann ein Onkel ... es sind im ganzen sechs, Herr Rodewald, sechs Männer in einer Familie, Herr ...

Rodewald Das ist ... fast wie in der alten Tragödie, eine große, eine furchtbare Zahl, darauf kommen wir nicht in meiner Familie, wir kommen auf *Er zählt an den Fingern nach.* nein, nur auf vier kommen wir, aber auch das ... ein hoher Tribut, ein selbstverständlicher natürlich ...

Mutter *außer sich:* Wir haben, wahrhaftig, die feindlichen Länder von Narvik bis El Alamein, wir haben sie mit Blut gedüngt!

Rodewald Da sehen Sie, wie jetzt auch Sie diese Bilder gebrauchen, diese sichtbaren Worte ... *Küßt ihre Hände, hält sie bis zum Ende fest.* Ich habe mir geschworen, nie wieder einen Kompromiß zu machen, aber schon, sehen Sie, mein Vater sagte immer: reflektiere nicht so viel, mein Junge, schon reflektiere ich wieder, wäge ab, wende hin und her ... *Abrupt.* Gehen Sie, die Sache wird sich arrangieren. Es ist das letzte Mal, es tut mir leid ... ich schwöre es Ihnen!

6. Bild

Die Mutter in Schwarz, Tilda, Lona, Elsie, Frau Belius und Inka sitzen neben dem Herd und entschalen Bucheckern.

Mutter Für zwei Kilo Bucheckern, abgeschält, geben sie jetzt einen Liter Öl.

Frau Belius Vielleicht, daß man es abliefern sollte, anstatt Kuchen zu backen.

Mutter Ein Liter Öl ist nicht zu verachten.

Belius *rauchend:* Aber wer weiß, was das für ein Erzeugnis ist! Vielleicht Rizinus oder Paraffin. Wenn sie wenigstens Zigaretten gäben. War das wieder zersetzend? Ich hab nichts gesagt.

Elsie Ich bin für Kuchen.

Alle lachen.

Belius Was zählst du denn, Inka?

Inka Sechs Frauen. Bald gibt es nur noch Frauen auf der Welt.

Elsie Und es geht auch.

Lachen.

Lona Es geht schon so lange.

Belius Manchmal, denk ich, besser als früher. Wenn wir abends um das Kohleöfchen sitzen, die Kinder und ich ...

Lona Wenn es jetzt klopfte und ein Mann reinkäme ...

Mutter Aber es kommt keiner!

Belius Wozu auch. Man braucht sie ja nicht. Man gewöhnt sie sich ab. *Anzüglich.* Nicht wahr, Fräulein Lona?

Mutter Bitte, bitte, Frau Belius.

Belius Pater peccavi ... ich meinte ja nur ... ich könnte verzichten.

Tilda Ich nicht.

Alle lachen.

Ich bin auf Männer angewiesen.

Alle lachen.

Die Unterhaltung hat doch, wenn ein Herr dabei ist, gleich ein anspruchsvolleres Niveau.

Lachen. Es klopft.

Belius Herein, wenn's kein Mann ist!

Lachen. Almuth kommt.

Na, Gott sei Dank!

Lachen. Almuth, die vor Freude nicht sprechen kann, hält die linke Hand hoch, zeigt ihren Verlobungsring. Alle umringen sie.

Lona Ein Verlobungsring!

Belius Ja, Mädchen, bist ja ganz verändert.

Mutter Richtig hübsch auf einmal!

Inka Versilbertes Blech, aber immerhin.

Belius Und endlich mal ein Kleid, das sitzt!

Elsie Ein Ring!

Tilda Ein Bräutchen!

Mutter Almuth, was für ein Glück für dich!

Tilda Der kleine Nolle, nicht wahr? Ich seh ihn vor mir, wie er noch als kleiner Fähnleinführer durch die Straßen zog. Und jetzt schon verwundet! Und Bräutigam!

Inka Ist er zurück aus dem Lazarett?

Mutter Wann soll denn die Hochzeit sein?

Belius Ihr könntet ja leben. Er hat seinen Wehrsold.

Mutter Und du verdienst doch auch schon, Almuth, auf dem Bezugsscheinamt.

Belius Nein, seht sie euch an!

Mutter Das ist am Ende doch das Beste, was einer Frau passieren kann.

Belius Da weiß man doch, wozu man auf der Welt war.

Tilda hustet

Elsie Warum hast du ihn denn nicht mitgebracht?

Almuth *verlegen:* Er ist draußen, hat nicht mitkommen wollen.

Belius Das ist doch dumm. Ich hol ihn herein! *Sie rennt los. Almuth will sie zurückhalten, es gelingt ihr nicht.*

Belius *von draußen:* Daß diese Weiberwirtschaft endlich mal ein Ende nimmt!

Mutter *läuft herum, schiebt Stühle hin und her:* Jetzt aber schnell, und Ordnung gemacht!

Lona Wer hat einen Kamm?

Inka Die Schürzen ab!

Mutter Daß er nicht denkt, er kommt zu Zigeunern! Und, Elsie, was ich dir täglich sage: zieh dir endlich die Strümpfe hoch! *Alle zupfen an ihren Kleidern herum, behandeln die Augenwimpern mit Spucke, Tilda bindet sich verstohlen ein Kette um. Dahinein plötzlich Frau Belius mit einem Rollstuhl, in dem Nolle mehr tot als lebendig sitzt. Anscheinend hat seine Wirbelsäule gelitten, denn er hängt halb über der Lehne. Außerdem steht er unter dem Einfluß starker Betäubungsmittel; er schläft. Die sieben Frauen um ihn herum schweigen entsetzt.*

Belius *schiebt Almuth schließlich den Rollstuhl zu, als ob es ein Kinderwagen wäre:* Nimm du ihn mal lieber. Ich weiß ja nicht . . .

Almuth *zupft an der Überdecke des Rollstuhls:* Er ist eingeschlafen. Er schläft manchmal plötzlich ein. Sonst ist er zeitweise ziemlich lebhaft. Aber dann kommen die Schmerzen. Dann muß ich ihm Mittel geben. *Pause.*
Er ist im Kessel gewesen bei Demjansk.

Mutter *verlegen:* Ach da.

Tilda Das ist bei Ilmensee ungefähr, ein Stückchen von Staraya Russa weg.

Almuth Nein etwas mehr rechts.

Mutter Ja, da war es schlimm. Monatelang haben sie gekämpft; haben aushalten müssen.

Belius Und dann beim Ausbruch . . . sie hatten nicht mal Zeit, die Toten zu begraben. Die Verwundeten haben sie liegen gelassen. Höllisch muß es gewesen sein. Und warum? Weil idiotisch geplant war, der Entlastungsangriff falsch angesetzt, weil diese Ignoranten ... na, schweigen wir! Ich sage Ihnen, wenn mein Mann das in die Hand genommen hätte, es wäre anders gelaufen dort, verlustloser; nicht diese Tausende und Abertausende von ... schweigen wir!

Lona *auf Nolle deutend:* Ein Glück, daß sie ihn nicht vergessen haben.

Mutter Ja.

Pause.

Er kann noch von Glück sagen. Und du bist besser dran als hunderttausend andere, Almuth.

Tilda Man muß dankbar sein.

Stille. Nolle erwacht, lallt. Almuth zählt Tropfen in ein Glas, will es ihm geben. Er reißt es ihr aus der Hand, es fällt hinunter.

Nolle *zu Almuth, die nochmals Tropfen zählt:* Wird's bald? *Er kommt zu sich, sieht sich um.* Die alte Domapotheke, was? Gemütlich, gemütlich! *Er holt eine Röhre Tabletten aus der Tasche, gibt sie der Mutter.* Ich möchte diese Tabletten kaufen. Bitte, wenn Sie so freundlich sind ...

Mutter *sieht auf das Etikett:* Das kann ich Ihnen nicht geben, Norbert. Für diese starken Sachen brauch ich ein Rezept. Es muß eingereicht werden. Wenn Sie es bringen ...

Nolle *aufgebracht, da er hochgradig süchtig ist:* Steht es so? Was? Ist die Heimat korrupt? Läßt sie die Jungens an der Front im Stich? *Mit seiner Krücke schlägt er Frau Belius die Zigarette aus dem Mund.* Die Heimat raucht. Die Heimat macht Geschäfte, lebt im Überfluß. Das wird sich ändern. Ich habe noch Augen. Und Ohren auch. Ich höre gut! Ich schwöre euch, es wird keinen zweiten Dolchstoß geben. Hüh, Mädchen, fahr zu!

Almuth fährt ihn eilig im Kreis herum.

Wir haben noch Rückgrat ... wenn auch zerschossen! *Er lacht, Almuth fährt im Kreis herum, er sinkt wieder zusammen, lallt, schläft ein. Almuth hält an.*

Almuth *leise:* Manchmal weiß er nicht, was er spricht. Das sind die Mittel. Dann wieder sieht er alles ganz klar. Dann schreit er und weint. Und manchmal sitzt er lange, ohne sich zu rühren, und denkt nach. Dann sieht er aus wie ein Weiser.

Nolle *fährt hoch:* Hüh hott, Mädchen, hüh!

Lichtwechsel

7. Bild

Am Mausoleum. Sonnenuntergang. Metzenthin geht hinter Konradi her, welcher Haken schlägt und ihm ostentativ den Rücken zuwendet.

Metzenthin Hören Sie! Einen Augenblick ...

Konradi *wendet sich abrupt um:* Bitte?

Metzenthin *plötzlich verlegen:* Ich wüßt' gerne ... ja ... wie spät ist es eben?

Pause.

Konradi *hebt ein Blatt vom Boden auf, zeigt es Metzenthin:* Erstaunlich, was?

Metzenthin Wie?

Konradi Die Zeichnung dieses Blattes ...

Metzenthin Es gibt andere Probleme.

Konradi Ich habe das mit den Schülern studiert, die Struktur von Steinen, Blättern ... Borke ...

Metzenthin Wenn Sie doch einmal stehenbleiben möchten!

Konradi Was augenblicklich interessiert, ist die innere Organisation ...

Metzenthin *verstellt ihm den Weg:* Nein, hören Sie zu!

Konradi *unbeirrt, legt das Ohr an einen Felsen, horcht:* Steinbrüche zum Beispiel, alles Unterirdische ...

Metzenthin Der Held von Kreta! Er spricht nicht mit dem gewöhnlichen Volk. Man darf ihm nicht ins Gesicht sehen. Er möchte aus dem Dornbusch reden!

Konradi *bleibt stehen, sieht Metzenthin scharf an:* Sie sind der Praktikant, nicht wahr? Arbeiten Sie naturwissenschaftlich? Ich hätte da etwas von Interesse.

Metzenthin Und ich ... ich habe Sie lange gesucht. Vor Ihrem Haus gewartet ... jeden Abend. Wir hätten etwas zu besprechen, denk ich ... Jetzt endlich ... werden wir reden zusammen ... *Er leuchtet Konradi mit seiner Taschenlampe ins Gesicht.*

Konradi *kniet am Boden:* Wenn Sie sich auf die Erde legen möchten!

Metzenthin Was?

Konradi Hier! Das Ohr am Boden!

Metzenthin Lieber Mann!

Konradi Sie werden aufschlußreiche Dinge hören!

Metzenthin Ja. Die Teufel in der Hölle!

Konradi Wir können uns nicht unterhalten, wenn Sie nicht tun, was ich sage.

Metzenthin *legt sich mit höhnischem Grinsen auf die Erde und horcht. Stille. Plötzlich springt er hoch:* Was ist das?

Konradi *lacht:* Die Teufel.

Beide fixieren sich. Konradi geht zu Metzenthin hinüber. Beruhigen Sie sich!

Metzenthin Ich bin ruhig. Wie ein Baumstumpf, sag ich Ihnen.

Konradi Sie zittern ja am ganzen Leibe, Kerlchen. Schon gut, schon gut. Versuchen wir, die Phänomene zu erklären, obgleich es nicht viel helfen wird. *Lacht.* »Es gibt mehr Dinge im Himmel und auf Erden« ... aber vielleicht lenkt es ab. Vertreiben wir uns ein bißchen die Zeit, machen wir logische Übungen. Passen Sie auf: Also ... der Krieg geht in's vierte Jahr. Die Waffen sind allmählich, wie man weiß, erschöpft. Da müssen neue her. Es braucht Fabriken. Aber wohin damit? Würde man oberirdisch bauen, wären sie bald dem Erdboden gleich. Das ist alles noch vernünftig, wie? Was halten Sie von Stollen beispielsweise? Einem unterirdischen Stollensystem?

Metzenthin Was nützen Ihre Schlüsse, wenn die Prämissen nicht gesichert sind?

Konradi Das sind Spekulationen selbstverständlich. Der Mensch ist ja in einem fort am Spekulieren, zur eigenen Beruhigung, zum Spaß. Sehen Sie den Zaun dort drüben? Militärische Anlagen, wie man weiß. Wie hängt das Pochen mit dem Zaun zusammen? Zum Spaß hab ich versucht, das abzuschreiten. Das ist ein riesiges Areal. Es müßten Abertausende da unten sein.

Metzenthin Ob Ihre Ohren in Ordnung sind? *Hält sich die Ohren zu.* Oder meine Ohren? Abertausende!

Konradi Die Frage habe ich mir auch gestellt ... denn wer sollte da unten arbeiten, wen kann man unter die Erde verbannen? Nicht das eigene Material natürlich, das wertvolle Blut ... Eventuell ... holt man das minderwertige heran, das unreine, artfremde, auf das es eigentlich nicht mehr ankommt. Kommt Ihnen die Ausführung logisch vor, habe ich richtig gedacht?

Metzenthin Wie geht es Ihnen? Sind Sie wieder gesund? Der Kopf, die Nerven, alles im Lot?

Konradi Die große Frage? Sind es die Nerven? *Schlägt sich an den Kopf.* Der Kopf? Ist etwas ... entgleist da drinnen ...

Wuchert weiter? Will raus? Oder kommt es von da? *Zeigt auf den Zaun.* Ist etwas hinter dem Zaun dort drüben, das will hier herein. *Schlägt wiederum an seinen Kopf.* Hab ich gefunden, wovon allenthalben nur gemunkelt wird?

Metzenthin Man hört viel heutzutage.

Konradi Immerhin soll es solche Anlagen geben ...

Metzenthin Aber so nah ...

Konradi *lacht:* Sie haben recht! Es ist zu nah. Es kann nicht sein.

Metzenthin *entschieden:* Nein.

Pause.

Konradi Vielleicht bin ich verrückt geworden ...

Pause.

Metzenthin Dann muß man die Schüler vor Ihnen schützen ...

Konradi Sie könnten sich infizieren, ja.

Pause.

Aber wissen Sie, was ich gefunden habe? Kinder werden niemals verrückt. Sie sind es schon. Alle Kinder, solange sie es wirklich sind, sind kleine Narren ... haben Gesichte, leben im Traum, glauben Sie mir, ich bin schon lange im Dienst ... wie Narren sehen sie die Dinge in ihrer schlimmsten, wirklichsten Bedeutung ... ich zeige ihnen ein Stück Stacheldrahtzaun ...

Metzenthin Man sollte Ihnen den Mund zubinden!

Konradi Ein Stückchen Baumrinde, und schon ... sind sie aufgestört, verfolgen mich mit ihren Augen, horchen hinter jeden Satz. Sie sind auf der Fährte ... Kinder aber wollen dabei immer bis zum Äußersten ...

Metzenthin Einsperren ... Sie und Ihre Schüler, alle miteinander!

Konradi ... sind auf der Spur, aber finden es nicht. Können's nicht finden. Sitzen im Kessel, eingekreist. Und rundherum die Wahngebilde der Erwachsenen, dieses ... Gedankengeröll. Sie können sich nicht mehr rühren, verstehen Sie, können Ihre Fährten nicht verfolgen, ihre Spiele, ihre Pläne ... Wissen Sie, was passiert? Sie treiben sich selber ... ich studiere die Schicksale meiner Schüler ... schlafwandlerisch treiben sie sich in den Tod. Das ist ein ungeheueres Schauspiel, sag ich Ihnen!

Metzenthin Wissen Sie, was Sie sind?

Konradi *abwesend:* Ja. Sollen sie treiben. Sollen sie ... umkommen!

Metzenthin Ein Sadist, ein dreckiger ...

Konradi Ehe sie wie die anderen werden, die normalen, die lebendigen Leichname ... *Lacht.* Hören Sie nicht auf mich. Ich habe die Malaria gehabt. Und mein Gehirn ist lädiert. *Leise.* Aber haben Sie einmal gesehen, wie schön sie sind? Und wie häßlich später, wenn sie die Träume verstecken, ihre Gefühle unterdrücken? Nur Kinder wissen noch, was Tod ist, Schmerz, ein Tier ... Verwesung ... kennen Mitleid, Liebe, Furcht, alles, was verpönt ist heutzutage, fühlen es in voller Stärke, wollen fühlen, liefern sich aus ... Das ist der Unterschied zu diesen Alpträumen der Alten. Darum sind Kinderträume absolut moralisch. Ich frage mich, wie es zusammenhängt, die Schönheit mit dem Fühlen, mit den Träumen ... ich weiß es nicht. Ich kann es nur sehen. Seit meiner Begegnung mit der ... Vernichtung kann ich die Schönheit der Kinder sehen. Und ich liebe sie ... wie sagt man ... nein, es ist nicht zu sagen. Ich liebe die Kinder unaussprechlich.

Metzenthin Mit der Begierde eines Triebverbrechers.

Konradi Da könnten Sie recht haben. Es ist der reinste, der egoistischste Trieb. Wie übrigens bei allen Lehrern, wenn sie gut sind. *Lacht.* Ich bin der neue Lehrer, bester Herr! Ich werde das Denken der Kinder erforschen, ihr moralisches Universum. Ich werde ein andere Art von Unterricht erfinden. *Leicht verwirrt, kniet er auf der Erde, wühlt im Laub.* Von ihren Müttern werde ich sie trennen ... neu anfangen hier ... wo alles anfängt, und ... wo es aufhört ... *Lacht.* ... zu den Opfern werde ich sie führen ... ihre Hände auf die Kadaver legen, und sie antworten lassen mit ihren Träumen ... »der Mensch muß träumen« hat ein großer Mann gesagt – er darf nicht erwähnt werden heutzutage – aber alles wird damit anfangen müssen, jede Veränderung, jede Ordnung, in welcher Gesellschaft auch immer, oder ... es lohnt sich nicht ... *Nah an Metzenthin heran.* Glauben Sie, daß es irgendwann einmal ... können Sie es denken? *Er lacht, plötzlich wie unbeteiligt.* Das sind so Exkurse. Aber nehmen Sie es nicht ernst. Ich habe ja die Malaria gehabt. Mein Gehirn funktioniert nicht!

Metzenthin Ich werde Ihnen das Handwerk legen!

Konradi *sieht Metzenthin an:* Das glaube ich nicht! *Lacht.* Sie haben ja auch noch ein Bild von sich!

Metzenthin Und mir ist jedes Mittel recht!

Konradi War nett, sich mit Ihnen zu unterhalten. Kann nicht sagen, warum. Ich spreche sonst nicht mit Erwachsenen. Wissen Sie was? Es hat übrigens nichts mit dem Alter zu tun. Sie sind ja selbst noch nicht über die Schwelle! *Lacht, wendet sich rasch ab, verschwindet im Dunkeln.*

Metzenthin *hinterher:* Es muß etwas geben ... einen anderen Weg ... Dieser ist tödlich ... wenn Ihnen nichts einfällt ... *Wütend.* passen Sie auf! Ich meine, was ich sage: jedes Mittel!

Lichtwechsel

8. Bild

Am Rauchtisch. Die Mutter, Tilda, Lona, General Belius in Uniform, Frau Belius, Rodewald, Nolle im Rollstuhl, Almuth und Inka teils stehend, teils auf Stühlen sitzend, mit Kaffeetassen. Elsie und Metzenthin etwas abseits am Boden. Später Oswin.

Mutter Wie wir auf diesen Tag gewartet haben ... daß wir Sie wiedersehn, Herr Belius!

Tilda Ja, liebster bester General, und gut sehn Sie aus. Braun. Und gesund!

Mutter *schüttelt den Kopf:* Aber doch etwas angestrengt!

Tilda Wie aus der Sommerfrische!

Mutter Aber deutlich sichtbar doch die Spuren der Strapazen ... *Zu dem sich devot nähernden Oswin.* Guten Abend, Herr Oswin, schönen guten Abend. *Kurz.* Was gibt's denn?

Oswin *überreicht eine Flasche:* Der Schlehenschnaps, der aufgesetzte ... aus reinem Instrumentenalkohol ... *Flüstert.* Streng geheim! Ich möcht nicht weiter stören ...

Mutter *kühl:* Nun trinken Sie schon einen Kaffee mit! *Ruft.* Lona, eine Tasse! *Zu Belius.* Es war ja das Gespräch seit Wochen, wo man Bekannte traf, oder nachts im Luftschutzkeller, wann wird General Belius auf Urlaub kommen ... nicht daß wir verzagten hier in der Heimat ...

Nolle *von Almuth herangerollt legt die Hand an eine imaginäre Mütze:* Herr General ...

Oswin Aber man wüßte schon gerne Genaueres ...

Tilda Hätte gern ein kleines Zeichen, einen Hoffnungsschimmer.

Mutter Nicht, daß wir klagten hier in der Heimat, es ist nur alles ...

Tilda Ein bißchen abgeschabt, ja ...

Mutter Nein, nein, Herr Belius, die Heimat steht, informiert sind wir auch, wir verfolgen alles; nur manchmal ereignen sich Dinge so schnell, wir stecken die Fähnchen, und schon sieht die Front wieder anders aus ...

Tilda Schon hat es einen Einbruch gegeben!

Mutter *wütendes Zeichen zu Tilda hinüber, schlägt sich mit der Hand auf den Mund:* Ausbruch, sie meint einen Ausbruch, natürlich!

Tilda Schon muß man wieder begradigen ...

Mutter Sie ist so weltfremd, unsere Tilda; bei Kiew gab es doch einen Ausbruch, da ging es doch wieder ein Stück voran!

Lona *zu Inka:* Also Konradi ... beinahe hätt ich es mir gedacht. Wann hat er es dir denn gesagt?

Inka Vor zwei Monaten schon. Am letzten Sommertag. Das ist der Tag bevor das Schwimmbad zumacht. Ich lag oben auf dem Zehnmeterturm und guckte ins Wasser. Da stand er plötzlich neben mir und fragte, ob ich mit ihm käme, mit dem ersten Flugzeug nach Übersee ... wenn Frieden ist. Ja, ob ich mitfliegen würde ...

Lona Du würdest auch zu Fuß gehen, nehme ich an ...

Mutter *ruft:* Lona! Was sollen uns diese Teelöffel hier! Ich sagte ausdrücklich »Mokkalöffel«, auch wenn wir nur Malzkaffee anbieten können ... aber das ist unmöglich. Bitte wechseln Sie die Löffel aus!

Nolle *hält seinem Vater ein Schulheft vor die Augen:* Kennst du das? Sind dir diese Sätze bekannt?

Rodewald Übungssätze, soviel ich sehe ...

Nolle Jawohl. Der sächsische Genitiv. Ich gebe zum besten: »Blitzenden Auges zieht der Soldat in die Kesselschlacht« ... *Pause.*
Ich kann nur sagen, wäre das m e i n Assessor, ich würde ihn nicht solche Sätze schreiben lassen.

Rodewald *schüttelt den Kopf:* Konradi ist mein bester Lehrer. Ich schätze ihn als Menschen außerordentlich. Da ist nichts Unrechtes an dem Satz. Wer ist der Soldat? Es kann ein russischer Soldat sein, ein Makkaroni ...

Frau Belius Vielleicht ... ein napoleonischer Soldat ...?

Nolle Napoleon kannte keine Kesselschlachten! Weiter ... was steht hier?

Almuth *liest:* »Kühlen Kopfes fordert das Volk den totalen Krieg« ...

Pause.

Rodewald Das ist, nun ja ... wie sie es jetzt liest ... man kann es so lesen oder so, es hört sich wohl etwas ironisch an? Trotzdem ... *Grinst.* es kommt auf den Tonfall an ... Ein Tonfall ist nicht nachzuweisen. *Wird unruhig.* Wenn etwas wäre ... ich bin der Letzte, der protegiert. So leid es mir tut, wir haben nichts in der Hand, mein Lieber! *Hält seine verkrüppelte Hand hoch.*

Nolle *zieht Baumrinde aus der Tasche:* Nichts? Nein? Und was ist das ... *Lacht, ruft »hüh«, läßt sich von Almuth zu Belius hinüberfahren.*

Oswin *zu Belius:* Ich habe gehört, man rüstet schon wieder, bereitet eine Gegenoffensive vor?

Nolle *zu Belius:* Und hat man den Verräter Paulus endlich umgelegt? Und den Seydlitz-Kurzbach?

Lona *schüchtern zu Belius:* Es soll totale Urlaubssperre sein. Ist das wirklich wahr?

Mutter Ach, reden Sie doch nicht von Dingen, die Sie nicht verstehn!

Nolle Das ist Feindpropaganda reinsten Wassers!

Tilda Wird es in diesem Jahr Frieden geben? Bitte, sagen Sie uns doch die Zukunft, lieber General!

Belius lächelt, schaut über die Köpfe der Umstehenden wie über die Steppe. Frau Belius kommt schnell dazu.

Frau Belius Das habe ich mir doch wieder gedacht, ich kann ihn keinen Augenblick alleine lassen, ohne daß sich ein Auflauf bildet, und er soll reden, was ihm nicht liegt, was er haßt wie die Pest ... also werd ich euch Auskunft geben, den Dolmetscher machen, ja, wo fang ich an? Wie sag ich's ... Natürlich hat es Verluste gegeben, der Winter war bitter, sehr bitter sogar, da draußen wie hier, bis an die Grenze des Erträglichen ist es gegangen. Jawohl, das würd ich vor dem Volksgerichtshof wiederholen, ich nehme kein Blatt vor den Mund, ich nenne die Dinge beim Namen. Ich darf sie beim Namen nennen, weil ... *Schlägt sich an die Brust.* Hier im Innern herrscht Zuversicht, da bin ich ruhig und überzeugt, es geht wieder aufwärts. General Frost ist besiegt, General Schlamm muß weichen ... piano, piano ... der deutsche Rückzug ist zum Stehen gekommen, die Auffanglinie hält wie Eisen. In den Stäben atmet man auf. Natürlich noch muß man wachsam sein, noch arbeitet man rund um die Uhr, gönnt sich keinen Schlaf, schon wegen der Überraschungsangriffe, das Wort »Etappe« gibt es nicht mehr, überall ist die Front. Das Partisanenwesen blüht, aber man kann wieder planen, sie planen schon wieder und besser, sag ich euch, mit dem Erfahrungsschatz des letzten Winters ...

Metzenthin *zu Elsie:* Müßten wir nicht hinübergehen, den Geschichten von den großen Schlachten lauschen ... von den »Atemzügen der Geschichte«? Was meinst du, Elsie? Elsie, wo bist du denn? Woran denkst du?

Elsie Was ich mir gerade vorgestellt habe ... eine Geschichte von dir ... das wüßte ich so gern, was du gedacht hast früher, als du jünger warst; und wie du ausgesehen hast, überhaupt, wie du damals warst ...

Metzenthin *richtet sich abrupt auf:* Weißt du, was das bedeutet, Elsie?

Elsie Was?

Metzenthin Jemanden so etwas zu fragen; nach der Kindheit zu fragen, das bedeutet etwas ganz Bestimmtes ... alles vom anderen wissen zu wollen, das bedeutet ... ach, Elsie. *Er legt seinen Kopf in Elsies Schoß.* Dies ist der schönste Tag!

Rodewald *zur Mutter:* ... das Menschenmögliche, liebe ... Verehrte ... wahrhaftig, ich bin der erste Diener meiner Schule, bemüh mich um Gerechtigkeit wie keiner, und trotzdem ... *Ängstlich.* ich bin umstellt ... umstellt von Argwohn, was sieht er mich so an, so fremd ... verstehn Sie das ... so eisig ... kalt, mein eigner Sohn?

Lona *zu Inka:* Konradi ... das ist der beste hier in der Stadt. Was er macht, macht er ganz. Selbst wenn er verrückt spielt. Wenn du ihn nicht hättest, hätte ich ihn. *Sieht Inka an.* Du bist so hübsch heute, Inka, so ... schön, du bist die einzige, die ihn verdient.

Inka Aber das, Lona, wie einer aussieht, ist kein Verdienst!

Lona Nein. Natürlich ... oder doch, ich weiß nicht ... doch, ich glaube doch!

Beide umschlungen ab.

Frau Belius *verabschiedet sich:* Es wird Zeit! Frau Wöllmer, Fräulein Tilda ... man muß die Stunden genießen. Ein kleines Hauskonzert ist geplant, im Familienkreis, ja die kurzen Stunden des Glücks ...

General *lächelt abwesend:* Carpe diem!

Beide ab.

Mutter *sieht ihnen nach, hingerissen:* Der General ... wie ein Symbol, nein, Deutschland kann nicht untergehn!

Lichtwechsel

9. Bild

Oswin in SA-Uniform auf einem Stuhl vor einem Schreibtisch. Metzenthin stehend davor.

Oswin Der Herr Metzenthin hat eine Meldung gemacht. Jetzt kommt er und nimmt die Meldung zurück. Dem Herrn Metzenthin schlägt das Gewissen! *Lacht.* Aber schon rollt die Lawine. Was machen wir da? Mein Rat: wir wollen uns doch nicht so wichtig nehmen! Sie sind nur eine kleine Nummer, Metzenthin! Auch ich bin nur eine kleine Nummer, wenn ich auch jetzt hier auf der Ortsgruppe sitze, wenn ich auch diese Stellvertretung habe ... was wollen Sie sich ein Gewissen leisten? Geht das nicht irgendwie zu weit? Grenzt das nicht schon an Anmaßung? Ich warne Sie! Meine Erfahrung hat mich gelehrt: was übers Ziel schießt, stürzt ins Leere. Nehmen wir einmal den Herrn Pharmazierat: ein reicher Mann und elegant in seinen Maßanzügen! Sehr geachtet im Städtchen. Plötzlich hat er Paris sehen wollen. Warum? Er hätt es nicht auch noch müssen. So hat er ins Gras gebissen. Der Herr Konradi hat in den Himmel gewollt. Das ist ihm nicht bekommen. Aber noch immer will er aus den Wolken reden. Jetzt soll er zusehn, daß er untertaucht. *Plötzlich haßerfüllt.* Ich hasse alles, was sich versteigt! Aber wissen Sie, was ich gefunden habe? Es reguliert sich am Ende von selbst. Ich bin ein Mensch der Mitte, wie schon angedeutet. Das ist eine glückliche Position. Ich seh, was sich unten tut, was oben. Habe Überblick. Und ich bemerke allenthalben, wie es an den Rändern bröckelt. Nehmen wir diese Stadt zum Beispiel. Ganz unten, sozusagen im ewigen Sumpf, wo der Prolet, der Asoziale wohnt, ist die Sache einfach. Wo es anfängt zu gären, wird schnellstens bereinigt. Was drüber ist, strebt schon nach oben. Ich möchte behaupten, die Unterstadt lebt nur im Hinblick auf die Oberstadt. Hier wiederum bestehen Neigungen, sich zu versteigen. Aber zu hoch oben wird die Luft dünn. Da sitzen sie in ihren schönen Häusern, die Wöllmers, Belius, Rodewalds, sie sitzen warm und wohlgeachtet, und ich gönn es ihnen. Ich frage niemals: warum sitze ich nicht so? Und wenn sie mir am Morgen »guten Morgen« sagen, mit diesem Unterton »schön guten Morgen«, den ja auch Sie zur Genüge kennen, ich reg mich nicht auf, ich laufe nicht Amok, ich bleibe der Scherzvogel, der ich scheine... nämlich ich weiß, es macht sich von selbst. Hier oder da, die Extremisten, die Wirrköpfe fallen heraus. Ihr Platz wird frei; es muß Nachwuchs her. Das werden dann Sie sein oder ich. Denn wir sind am nächsten dran. Das ewige Gleichgewicht bleibt erhalten. Ich glaube unerschütterlich an die Gerechtigkeit. Auch der Reichsführer SS glaubt daran, wenn er von Waralda, dem Uralten, spricht. Es gibt ein ewiges Gesetz, mein Lieber, einen göttlichen Auftrag – dagegen soll sich doch der kleine Mensch in seinem Größenwahn nicht stemmen. Und dieses Regime hat es erkannt. Darum gibt es uns, den Menschen der Mitte, den gläubigen Menschen, die Mittel in die Hand, den Ausgleich zu besorgen... *Wieder haßerfüllt.* Und ich kann Ihnen sagen: wenn man den Herrn Assessor Konradi auf Grund Ihrer Meldung demnächst an der Laterne hochzieht, ich würde mir das alles ganz genau ansehn, jede Regung; die Pupillen, ob der Mund zuckt, alle Äußerungen beim Ersticken; würde mir alles vorstellen wollen, würde Gedanken daran knüpfen, Betrachtungen allgemeiner Art, zum Beispiel, was wohl verwerflicher ist, ein Mord aus Leidenschaft, oder das tägliche *Nachäffend.* »guten Morgen«; wie ein Richter würd ich sachlich wägen: ist die Strafe des Erhängens angemessen, oder wären andere Mittel... langsames Erwürgen beispielsweise... *Bricht plötzlich ab, grinst.* Wissen Sie, was das Zurücknehmen Ihrer Meldung bedeutet?

Pause.

Wissen Sie, daß Sie sich identifizieren?

Pause.

Wissen Sie, daß man Sie ebenfalls...

Pause.

Wollen Sie wirklich zurücknehmen?
Metzenthin sieht Oswin stumm an, schweigt.
Mit heiterem Lächeln. Wir wollen hier doch nicht den Helden spielen! Die Meldung ist längst weg. Ich schweige über alles weitere. Da hab ich also wieder einen kleinen Scherz gemacht, Herr Metzenthin! Sagten Sie nicht einmal, meine Scherze seien dumm? Das verdammte Gedächtnis! Mit einem kleinen, dummen Scherz wollt ich den Metzenthin zum Fürchten bringen ... im übrigen ... der Herr Rodewald war vor ihnen da ... mit ähnlichen Beobachtungen ... oder sagen wir höflicher: Fragen, den Zeichenunterricht betreffend. Ein aufrechter Mann, der Herr Rodewald ... Und ein Mann der Vernunft ... Sie stehen nicht allein, Herr Praktikant, das läuft zusammen, die Beschuldigung ... aus tausend kleinen Quellen kämpft sich's durch, eh es den Mann zu Fall bringt ... ein Rinnsal, dann ein Strom, ein Strom ... was für ein schönes Bild ich da gefunden habe. *Grinst.* Sie können gehn, Herr Metzenthin und wieder ruhig schlafen!
Lichtwechsel

10. Bild

An der Holtemme. Abenddämmerung. Lona, Elsie, Almuth, Nolle im Rollstuhl, Oswin, die Mutter an Rodewalds Arm. Später Tilda. Alle bewegen sich langsam wie eine Prozession auf das Mausoleum zu, vor dem zwei leblose Gestalten unter einer Decke liegen.

Lona Da sind sie.
Mutter Schrecklich.
Almuth Ganz zugedeckt beide, bis über den Kopf; man kann nichts sehen.
Rodewald Ich möcht es auch nicht.
Lona Sie sollen furchtbar zugerichtet sein.
Almuth Das ist immer bei Kopfschüssen.
Elsie Ob sie es wirklich selbst gemacht haben?
Lona Nein. Man soll sie erschossen haben. Auf der Flucht!
Almuth Das ist nicht wahr. Das ist ein Gerücht.
Elsie Ich versteh nicht, warum denn? Am Vormittag haben wir

Brennball gespielt; wir waren zusammen in einer Partei und haben gewonnen. Immer wenn Inka in unserer Partei war, dann hat sie gewonnen. Und jetzt . . .

Mutter Ein Fremdarbeiter, sagt man, ein entlaufener . . .

Lona Aber die Nachbarn haben das Auto gesehen, wie sie Konradi abholen wollten. Inka soll bei ihm gewesen sein. Da sind die beiden durch den Hintereingang weg . . .

Almuth Ich glaube, es war ein Selbstmord aus Liebe.

Lona Man hat sie ruhig gehen lassen durch die ganze Stadt. Aber hier waren Bewaffnete hinter den Büschen . . .

Almuth Ich glaube es nicht. Selbst wenn Konradi dies und das geredet hat, und Inka war ja immer etwas hochgestochen; man würde das ja niemals machen, einfach so, und ohne vorhergehenden Prozeß. Das ist Verleumdung! Nolle, sag du etwas! *Nolle schweigt.*

Mutter Ich kann es nicht fassen!

Rodewald *leise:* Ich hätte ihn ohnehin nicht schützen können. Es wurde ruchbar unter den Schülern. Eltern kamen und bedrängten mich . . .

Mutter Ja. Er war so eine Art . . . zerrissener Existenz . . .

Lona *sieht sich um:* Von allen Seiten kommen die Leute . . .

Oswin Nur die Frau Mutter nicht.

Rodewald *leise:* Ich bin noch selbst zur Dienststelle gegangen, habe versucht zu vermitteln, höheren Orts . . .

Oswin Die Frau Generalin sitzt am Fenster. Mit ihrer langen Zigarettenspitze. »Das ist nicht meine Tochter«, sagt sie. Sie tut gut daran.

Rodewald In diesem Falle dank ich's meiner Schwäche . . . daß ich meine Hände reingehalten habe . . . *Hebt seine verkrüppelte Hand hoch.*

Tilda *kommt gelaufen:* Ich bin gekommen, nur einen Moment . . . bin aus dem Haus . . .

Oswin Die Welt geht unter! Unser Fräulein Tilda – das erste Mal seit zwanzig Jahren auf der Straße!

Tilda Man muß doch . . . irgendwas . . . erweisen, einen letzten Gruß . . . *Sie gibt Elsie einen vertrockneten Blumenstrauß.* Elsie, bitte, bring ihnen den Blumenstrauß! Ich hab ihn gehütet, er war mir teuer, aber jetzt . . .

Mutter *nimmt Elsie den Strauß aus der Hand, wirft ihn weg:* Tilda! Bist du denn ganz verlassen! Das sind doch letzten Endes

Hochverräter. Ich weiß nicht, wie's mit dir noch einmal enden soll!
Lichtwechsel

11. Bild

Am Herd. Lona und Elsie durchstechen mit Stricknadeln Stachelbeeren, was, laut Kochbuch, ratsam ist, damit sie später in den Gläsern Saft ziehen. Die Mutter kommt dazu, prüft die Beeren.

Mutter Sie müssen zweimal durchstochen werden, habe ich das nicht deutlich gesagt? Z w o m a l ! Aber hier ist gepfuscht worden. Hier, hier und da! *Sie wirft die Beeren durcheinander.* Habe ich es nicht vorgemacht? *Sie reißt Lona die Stricknadel aus der Hand und zeigt, wie mans macht.* So und so, ganz durch, daß die Früchte Saft ziehen können, aufquellen können, aber alles umsonst; ich rede, und die Dinge gehen, wie sie wollen, es wird Unsinn geschwatzt, in den Tag gelebt, ich bin die einzige, die noch denkt. Es geht mir nicht um die Beeren hier, das sage ich euch: es geht um's Prinzip, daß eine Sache ordentlich gemacht wird, eine e i n z i g e Sache ordentlich, inmitten dieser allgemeinen Schluderei. Diese Verwahrlosung bringt mich noch um. Das ist wie Schimmel, wo es einmal anfängt, geht es weiter, ich kann es nicht . . . anhalten, nicht einmal Elsie kann ich mehr schützen vor Elementen, ich will keine Namen nennen, vor Leuten, denen nichts heilig ist. Der Herr Oswin erdreistet sich, macht mir Avancen – der Buchhalter! – verdreht die Augen, wenn er mich sieht; *Sie schüttelt Elsie, die flüchtet an Lonas Hals.* Was wird geredet . . . wovon wird gesprochen hier in der Küche . . . warum sind die Beeren so durcheinander? Gebt mir auf der Stelle Antwort! *Sie wirft die Beeren durch die Küche.*

Lona *schreit plötzlich auf, nimmt Elsies Hand, die blutet, in den Mund, lutscht das Blut ab:* Elsie! Sie hat sich mit der Nadel gestochen, zweimal in den Finger . . .

Mutter Das ist doch nicht möglich! Was soll das heißen?

Lona Alles voll Blut.

Mutter Das ist doch irgendwie schon an der Grenze . . . *Sie reißt Lona Elsies Hand weg.* Oh Gott! Was soll das denn? Das ist

dieser Einfluß, von dem ich sprach. *Zu Lona.* sehen Sie bloß, wie das Mädchen guckt, ganz verhetzt ... die Augen ... *Sie weint.* Man muß aber doch nicht alles wissen ... Eine furchtbare Auflösung ist im Gange. Muß mir mein eigenes Fleisch und Blut das antun?
Lichtwechsel

Ende des zweiten Teils

III. Teil
Der Untergang

1. Bild

Im Säurekelller. Nähmaschine. Tisch. Abend. Tilda näht. Elsie liest. Musik aus dem Radio: »Und in dem Schneegebirge«.

Tilda *über ihrer Arbeit gebeugt:* Beschäftigst du dich auch vernünftig, Elsie?

Elsie Du siehst doch, ich lese.

Pause.

Tilda *steht auf, um einen Blick auf Elsies Buch zu werfen. Liest:* »Zucht und Freiheit. Leben und Werk des Heinrich von Kleist.« Müß ihr das für die Schule lesen?

Elsie Du weißt doch, Tilda, »non scholae, sed vitae ...« pamperampampam.

Tilda Hier unten ist es jetzt halbwegs gemütlich, findest du nicht?

Elsie Ja.

Pause.

Wie im Kloster.

Tilda *ablenkend:* Seit Jahren schon versuche ich, den Leuten klarzumachen: im Haus liegt des Menschen Glück. Wenn sie alle hübsch in ihren ... Zellen lebten, sich auf das Wesentliche besännen, sie würden nicht so weit marschieren müssen ... es sähe anders aus. Wo Therese bloß bleibt? Es ist ja schon lange Voralarm.

Elsie Es passiert schon nichts. Ist ja noch niemals etwas passiert.

Tilda Bis auf die drei Bomben am Exerzierplatz.

Elsie Die waren verirrt.

Tilda Wie willst du das wissen?

Elsie *leicht verwirrt, kindlich:* Das ist ein kleiner Soldat gewesen. Ein englischer, *Zeigt nach oben.* oben. Der hat sich was vorgestellt. Wie das Haus brennt, vielleicht. Wie die Leute schreien. Feuer und Rauch. Er hat die Bombe aber nicht zurück nach Hause bringen dürfen. Da hat er sie dann draußen ausgeklinkt ... auf freiem Feld.

Tilda Er hat geahnt, daß du hier wohnst, mein kleiner Schatz.

Elsie Dumm von uns, hier unten zu sitzen, jede Nacht ... und immer umsonst ...

Tilda Die Front soll ja schon an der Oder sein. Es geht nicht mehr lange.

Elsie Kann aber auch plötzlich anders kommen.

Tilda Wenn die Wunderwaffen fertig werden. Die Vau drei und Vau vier.

Elsie Mit denen kannst du ganze Areale ausradieren. *Pause.* Ich denk, ich verschimmel ...

Tilda *sieht Elsie scharf an:* Du gefällst mir nicht, Elsie; dick bist du geworden in letzter Zeit. Und immer so bleich.

Elsie Ah, mir geht's wunderbar! *Lacht.* Die Flüchtlinge aus dem Warthegau, die bei uns in der Aula kampieren, die haben es gut.

Tilda Wieso gut?

Elsie Wie die Zigeuner. Und Flöhe en masse.

Tilda Um Gottes willen!

Elsie *klammert sich plötzlich an Tilda:* Tilda, laß uns jeder eine kleine Tasche packen ... daß wir weg können, Tilda, nur wir beide ... laß uns jetzt gehen, gleich ... Weißt Du, was herrlich wär? Wenn alles um uns rum zusammenbräche, wenn der Zusammenbruch käm, daß sie uns niemals wieder finden können ... und da wo wir hinkommen, kennt uns keiner, es müßte weit weg sein und alles ganz neu ... laß uns, Tilda, jetzt ...

Tilda Oh Gott, halt den Mund, Elsie ...

Die Mutter und Lona kommen herein. Die Mutter stützt Lona.

Mutter Kommen Sie, Lona, hier auf den Liegestuhl. Nun kommen Sie schon. Warum soll ich S i e nicht einmal pflegen? Es ist ohnehin schon alles dahin, die Konventionen, was einmal war, alles zum Teufel.

Tilda Tatsächlich, Therese, du drückst dich auch plötzlich recht seltsam aus.

Elsie Kommt Metzenthin nicht?

Mutter Der bemüht sich schon gar nicht mehr her. Ist wohl auch unnötig.

Tilda Er kommt mir neuerdings verändert vor.

Mutter Er macht sich besser, seit er Assistent ist.

Tilda Noch so spät abends in der Rezeptur!

Elsie Wo er früher so faul war ...

Tilda Er hat einen Kummer ... vielleicht?

Mutter Es ist nur die natürliche Entwicklung; irgendwann kommt jeder zur Vernunft.

Elsie *singt zur Radiomusik:* Und in dem Schneegebirge, da fließt ein Brünnlein kalt ...

Einblendung: »starke feindliche Bomberverbände im Anflug auf Mitteldeutschland«. Dann wieder das vorherige Programm.

Elsie *singt:* Ich hab daraus getrunken, so manchen kühlen Trunk, ich bin nicht alt geworden, ich bin nicht alt geworden, ich bin noch allzeit ...

Lichtwechsel

2. Bild

In der Nähe des Mausoleums. Nolle im Rollstuhl hinter einem Gebüsch versteckt. Metzenthin kommt dazu. Nacht. Man hört Flugzeugbrummen.

Nolle Halt! Hände hoch! Zeig deine Taschen!

Metzenthin Es ist kein Brikett drin.

Nolle Glück für dich. Ich sage dir nur, ein seltsames Schauspiel, was sich hier tut, manche Nacht, sowie die Sirene geht. Man glaubt es nicht: Ehrenmänner mit Säcken über der Schulter, Mütter mit Einkaufstaschen; für eine kleine Tüte Koks vergessen sie, wer sie sind. Eine Sauerei ohnegleichen! Wer stiehlt oder plündert, verliert den Kopf!

Pause.

Hier ist der richtige Platz: gut einsehbar.

Metzenthin Geht es besser mit deinen Augen?

Nolle *kichert:* Sie glauben, daß ich sie sehen könnte! Unter uns, es nimmt rapide ab. Sehfähigkeit 15 Prozent. Aber es genügt, daß ich hier sitze. *Er nimmt eine Tablette.*

Metzenthin Ist dir nicht kalt?

Nolle Sehr kalt.

Metzenthin Du wirst dir was holen.

Nolle Ich mache so lange es geht.

Metzenthin Dir ist sozusagen ... dein Leben nichts wert?

Nolle Jeder lebt solange, wie er einen Nutzen für die Allgemeinheit hat. Das ist ein Naturgesetz.

Metzenthin Macht dir also noch Spaß, zu leben?

Nolle Darauf kommt es nicht an. Man tut seine Pflicht.

Metzenthin Aber das Problem ist doch ... die Konsequenz zu ziehn aus einem Irrtum; zu sagen: »ja, ich habe mich geirrt« und dann die Konsequenz zu ziehen, als weiter so ...

Pause.

als sinnloses Subjekt herumzulaufen, weil du nun mal so viel schon investiert hast ... Ehrlich, Nolle ... hast du nie daran gedacht, dir eine Kugel durch den Kopf zu schießen?

Nolle schweigt, grinst, holt eine Pistole unter der Decke hervor, spielt damit.

Entsichert?

Nolle Immer!

Metzenthin Menschenskind.

Pause.

Weißt du, ich persönlich hätte gern noch einiges gesehen im Leben. Die Stadt Talamone zum Beispiel.

Nolle Wo ist das?

Metzenthin Keine Ahnung. Nur, bei einem günstigeren Verlauf der Dinge ... ich wär auf jeden Fall noch hingefahren.

Nolle Ich hätte gern so lange gelebt, bis sie herausgefunden haben, ob es auf anderen Sternen Leben gibt. Ich meine menschliches Leben, ja, das noch gern ... Aber was reden wir denn eigentlich ... *Steckt die Pistole weg.* Sind doch nicht in der Lage.

Metzenthin Ich bin in keiner Lage. Oder in jeder Lage. In welcher Lage ich mich auch befinde ...

Pause.

Ich hab nichts verbrochen, Nolle! Niemand hat etwas verbrochen. Die großen Verbrecher gibt's nur im Theater ... Ich habe nichts wirklich verbrochen.

Pause.

Aber eins, Nolle, hab ich ... ich habe so etwas wie einen ... Entwurf ... mache nichts mehr ohne Entwurf ... wenn du das Leben der Großen studierst, der historischen Persönlichkeiten, die hatten alle eine Idee, wie das Leben auszusehen hat, eine Vorstellung von ihrem Leben, und ... sogar eventuell von ihrem Tod. Einen Entwurf mußt du haben, oder ... es war nichts.

Nolle Das unterschreibe ich hundertprozentig.

Metzenthin Ich habe nicht gedacht, daß ich noch einen Gleichgesinnten finde. Sollen wir es vielleicht schon bald ... schon für heute Nacht ansetzen?

Nolle *pfeift durch die Zähne, weil gleichzeitig die Sirene Vollalarm gibt:* Es gibt wieder Arbeit. *Er nimmt den Feldstecher vor die Augen.* Wenn mir was falsch gelaufen wär in meinem Leben, ich täte es hier, jetzt ... auf dem Fleck. Ich würde nicht so vegetieren. Und so beschränkt würd ich niemals sein, daß ich nicht merkte, wenn ich mich irrte. Übrigens hör ich, du arbeitest aktiv auf unserer Seite?

Metzenthin Armes Schwein. *Ab.*

Lichtwechsel

3. Bild

Gleich darauf erscheint Metzenthin an der Kellertreppe. Elsie kommt ihm halb entgegen.

Metzenthin Hast du gelesen, was ich gesagt hab?

Elsie Das Leben vom Kleist?

Metzenthin Hast du's?

Elsie *verwirrt:* Ja. Schön. Schön war das, was ich gelesen hab' ...

Metzenthin Es war nicht schön. Grausam war es und von aller Welt verlassen ... bis auf den Tod ...

Elsie So weit bin ich noch nicht.

Metzenthin Der Tod war ganz anders. Der Tod vom Kleist ist phantastisch gewesen.

Elsie *jetzt sehr verwirrt:* Dann ... ging es schnell? Volltreffer? Hat es denn damals schon Bomben gegeben?

Metzenthin *hält Elsies Hand fest:* Er hat sich erschossen ... mit seiner Braut.

Elsie Auf freiem Feld ... in den Rüben ... hui ... dann sind sie in der Luft explodiert! *Kichert.*

Metzenthin *sieht Elsie an, legt einen Augenblick seinen Kopf an den ihren, sagt leise:* Good night, my Bonnie ...

Darüber hört man die Melodie: »My Bonnie ist over the ocean«, die Metzenthin im ersten Teil an einem Vormittag unter dem Roland gespielt hat. Metzenthin schnell ab.

Lichtwechsel

4. Bild

Im Keller. Lona im Liegestuhl, die Mutter auf einem Hocker daneben. Tilda näht wie besessen. Elsie tut, als ob sie liest.

Mutter Ja, sehen Sie, Lona, ich habe das auch gekannt, als junge Frau. Monatelang hab ich darunter gelitten, und alle Tropfen, alle Pillen halfen nicht; es war nämlich seelisch bedingt. Aber das ahnte zu der Zeit noch keiner. Zwar gab es schon damals die Psychologie, jedoch die breite Masse wußte nichts davon. Und heute lehnt man sie wieder ab, weil sie von Juden erfunden ist. Es verkehrte aber da ein alter Arzt bei uns im Haus, der hatte ein profundes Wissen. Der sagte immer: wovor fürchtet sich die kleine Frau? Man muß die Angst kurieren, sagte er, Essigumschläge helfen nicht. Und er hatte recht, Lona, ich hatte wirklich Angst. Aber wovor? Wir hatten ja alles, waren gesichert von Anfang an, und ich so behütet ... Ich reime mir das so zusammen: ich war noch so dumm ... zu der Zeit war man ja noch lange dumm ... ich hatte noch immer die Träume von früher, aus der Kinderzeit: heute wollte ich Tänzerin werden, morgen Samariterin im Urwald. Auf einem Schiff wär ich gern gefahren als die Frau Kapitän, ach, und die Liebe ... und was weiß ich noch; Vorstellungen! Aber die sind das Gift, Lona! Sie verhindern, daß man sich schickt in die Dinge. Daß die Vernunft kommt. Die Träume, die Unvernunft auszumerzen, das ist ein schmerzhafter Prozeß. Erst als ich endlich davon abließ, wurde es besser. Ich verlor die Angst und langsam verschwanden auch die Symptome.

Ich weiß ja nicht, was es ist bei Ihnen, aber ich nehme an, wenn Sie erst einmal wissen, wo Sie hingehören, nicht mehr so treiben, hin und her, in die Familie, die Gesellschaft eingebettet sind ... es brummt heut so stark, sie müssen sehr tief sein ... ich meine, wenn auch bei Ihnen die Vernunft kommt, es wird Ihnen schon vergehen, Lona. Ja die Psychologie, das ist wahrhaftig eine gute Sache.

Starkes Flugzeuggeräusch.

Oh Gott, das wird immer schlimmer da draußen, so laß doch endlich die Näherei, und du, Elsie, lies nicht, lege das Buch weg um Himmels willen ... furchtbar ist es, so unheimlich heute ...

Lichtwechsel

5. Bild

Am Brunnen. Nacht. Metzenthin irrt herum, trifft Frau Belius, die einen beladenen Handkarren zieht, der mit einer Wolldecke zugedeckt ist.

Belius Verdamm, heut hab ich ein dummes Gefühl; was machen Sie denn eigentlich noch hier draußen?

Metzenthin Ich seh mir die Sterne an.

Belius Sind Sie verrückt, junger Mensch, der Sie sind! Wenn mir als alter Frau was auf den Kopf kommt, ich würde »Amen« sagen und mich schicken und wär vielleicht noch froh.

Metzenthin *lauernd:* Wären Sie auch lieber tot?

Belius Eins wie das andere, Metzenthin. Mich hat's zu sehr gebeutelt. Aber es ist schon kurios: ich glaub, ich könnt mich mitten in die Bomben stellen, sie würden einen Haken um mich schlagen.

Metzenthin Dann bleiben Sie hier. Ich zieh' sie an. Vielleicht haben wir Glück!

Belius Was heißt wir? Von Ihnen ist nicht die Rede gewesen. Den jungen Menschen liegen derart pessimistische Gedankengänge fern.
Pause.
Wer weiß, vielleicht daß ich nachhelfe ... eines Tages ... Nur heute, sehen Sie, ich muß ja noch weiter, muß noch die Hamsterware sichern ... *Sie deckt den Handwagen auf, ein kleiner weißer Sarg mit Goldgriffen kommt zum Vorschein.* So kostbar ist das, mit den kleinen Griffen, sehn Sie bloß; von einem Tischler auf dem Lande; den hab ich aufgespürt ... zwölf Kilometer draußen ... vor der Stadt.

Metzenthin *entgeistert:* Aber wieso ... wieso Goldgriffe, wie kommen Sie darauf? Warum ausgerechnet ...
Pause.
Goldgriffe!

Belius Da rennt mir mein Kleinster, kaum dreizehn, Metzenthin, der rennt mir mit der Panzerfaust davon, spielt Krieg ... jetzt liegt er im Kartoffelkeller *Sie weint.* und dann, sehn Sie, ich kann ja nicht einfach so weg, so gern ich auch ginge, ich muß doch die anderen ... muß sie noch umbetten ... eines Tages. Haben Sie nicht vielleicht eine Kippe für mich?
Es wird auf einmal sehr hell, bleibt aber totenstill.

Menschenskind, Christbäume ... da sind wir dran! Jetzt nichts wie weg hier! *Schnell ab.*

Metzenthin *wirft sich auf die Erde, schreit:* Bleiben Sie, laufen Sie doch nicht weg, bitte warten Sie ...
Lichtwechsel

6. Bild

Im Keller. Totenstille. Mutter, Tilda, Lona, Elsie drücken sich angstvoll an die Wand. Elsie singt leise. Tilda preßt einen Wandschirm an sich.

Mutter Hierher!

Lona Nein, nein auf die Treppe!

Elsie *singt:* Wenn's schneiet rote Rosen, und regnet kühlen Wein ...

Mutter Gleich wird es einschlagen.

Tilda Wart nur ...

Elsie *singt:* ... so kommst du auch nicht wieder, Herzallerliebster mein ...

Mutter Man kann nicht wissen, ob der Dachstuhl brennt. Das ist ihre Taktik: erst werfen sie Sprengbomben ab, daß der Holzboden freiliegt. Dann die Brandbomben in das Gebälk ... das brennt wie Zunder.

Lona Nein, umgekehrt: Erst muß es brennen, damit die Leute zum Löschen kommen ...

Elsie Dann die Luftmine, krach; da kannst du kein Vaterunser mehr beten. *Kichert.*

Mutter Es müßt' einer hinauf, die Brandwache machen.

Tilda Man wird es schon merken.

Mutter Dann ist es zu spät.

Lona Der Baurat Venske, wie er einmal hier im Keller war, der hat gesagt, in diesem Haus wär nur die Treppe sicher.

Mutter Was haben denn eigentlich Sie mit dem Herrn Venske im Keller zu schaffen?
Flugzeugbrummen. Sehr leise und unheimlich.
Mein Gott, mein Gott! Sag bloß, um Himmels willen, Tilda, was schleppst du nur an Zeugs mit dir herum? Hier ist es wahrhaftig eng genug! Und du hör endlich auf zu singen, Elsie! Konzentriere dich.

Elsie Hier ist ein Spinnennest.

Mutter Es macht mich wahnsinnig, wie ihr so ruhig dasitzt!

Tilda *als hätte sie eine Vision:* Was kommen soll, kommt, du brauchst dich nicht zu bewegen, Thesa, es ist schon unterwegs, vom Ural, von damals, zu uns herauf, die Gefangenen aus dem vergessenen Dorf, gleich wird es klopfen, er wird in der Tür stehn ... *Sie entrollt einen Wandschirm.* mit diesem Wandschirm werde ich die Kammer teilen, denn wir sind ja nicht getraut gewesen, der Herr Doktor Struck und ich ... noch nicht ...

Mutter *entsetzt:* Tilda! Ich hab's geahnt!

Der Raum erhellt sich langsam, unheimliches Licht.

Kommt, gebt mir die Hände!

Lona *beginnt die Treppe hinaufzulaufen:* Ich kann nicht mehr. Lieber draußen lebendig verbrennen, als noch eine Minute hier ... in der Falle.

Mutter Reißen Sie sich zusammen, Lona!

Lona *zögert einen Augenblick:* Ja. Danke für alles. Auf Wiedersehn! Ab.

Elsie *will hinterher, schreit:* Nimm mich mit, Lona!

Mutter Kind, Kind, Kind!

Taghelles, blendendes Licht. Dann plötzlich Dunkel

7. Bild

Am Brunnen. Rauch und Feuer. Elsie versucht, Metzenthin, der leblos daliegt, aufzurichten. Alles ist ringsum kaputt. Der Roland hat den Kopf verloren.

Elsie Still doch! Ist schon vorbei. Nur heiß ist es noch. Sturm. Der kommt vom Feuer. Wüstensturm. *Sie legt Metzenthin ein leeres Blatt in den Schoß.* Siehst du, der Brief. Aber nur angefangen. »Lieber Karli ...« Da fliegt er weg. *Sie versucht, ihm die Brille aufzusetzen.* Sei doch still, Karli ...

Passant *der Hausrat auf dem Rücken schleppt:* Was denn, still? Der schreit doch schon lange nicht mehr. Der ist doch schon seit Stunden stumm. *Schüttelt den Kopf.*

Pause.

Ihr Haus ist abgebrannt, Fräuleinchen. Bis auf den Keller. Der ist noch da. Das schöne alte Haus ... gewesen!

Lichtwechsel.
Ganz leise beginnt Musik: »Und in dem Schneegebirge«, oder »My Bonnie ist over the ocean«, die in die nächste Szene übergeht. Diese muß ganz selbstverständlich auf die vorige folgen, so als wäre inzwischen nichts von Bedeutung geschehen

8. Bild

Keller. Der Raum hat ein neues Dach bekommen. Einige optimistische Details deuten an, daß Frieden ist, und daß das Leben wieder anfängt. Die Mutter steht in einem aus einem Herrenanzug umgearbeiteten Schneiderkostüm in der Mitte des Raums. Frau Belius setzt ihr einen weißen Hut auf, nestelt daran herum. Elsie im Unterrock, frierend, drückt sich an die Wand. Tilda, abenteuerlich gekleidet, mit offenem Haar, auf einem Stuhl in der Ecke.

Mutter Das kommt mir jetzt doch etwas albern vor, mit dieser Andeutung von Schleier; wie eine junge Braut.

Belius Sind wir das nicht? Braut? Na, und jung sowieso!

Mutter *nestelt an dem Hut herum:* Wenn man es irgendwie hochnehmen könnte?

Belius So als Tuff vielleicht? Seitlich? Ihr Fräulein Schwester hat das ja so excellent gekonnt.

Mutter Das wäre schon besser.

Belius *mit Blick auf Tilda:* Sie ist so wortkarg gegen früher. Näht sie wohl gar nicht mehr?

Mutter Nicht einen Stich. *Leise.* Wissen Sie was? Sie treibt sich herum neuerdings . . . trotz ihrer Thrombose . . . Sitzt draußen auf Trümmern herum und schwatzt. Fragen Sie nicht, mit was für Subjekten!

Belius *leise:* Vielleicht sollt' man sie mal in die Klinik stecken?

Mutter Und manchmal bleibt sie die Nacht über weg.

Belius Sie beobachten lassen . . .

Mutter Sie behauptet, sie wäre so klar wie nie. Und wenn meine Schwester etwas nicht will . . . Sie kennen sie ja.

Belius Verstehe. Sie war immer ein wenig . . . na, sagen wir: störrisch.

Mutter Wir waren Stiefgeschwister, sind zusammen großgeworden. Zeitlebens hab ich mich um sie gekümmert. Angeblich war sie ja dem Leben nicht gewachsen. Außerdem vorsichtig. Sie hat's nicht schlecht gehabt ... hier im gemachten Nest.

Belius Man hat sie ein bißchen beneidet, wie?

Mutter Sie macht sich einen guten Tag, das ist es ... heute mehr denn je ... nutzt die Güte der Menschen weidlich aus ... nun ja, so etwas hat man in jeder Familie ...

Belius Ein schwarzer Tag für Ihren Herrn Oswin. Er hat ja die Frau Pharmazierat verehrt ... hat sich womöglich Hoffnungen gemacht?

Mutter Die Zeiten sind wohl ein für allemal vorbei! Ach Gott, ja ... in normalen Zeiten hätten wir gepoltert heute.

Belius Aber sie sind noch nicht normal.

Mutter Ob sie es jemals wieder werden?

Belius Na, warten Sie, wir tun so als ob! Wir werden zaubern, abrakadabra *Sie holt zwei Päckchen aus ihrer Tasche.* und schon ist der Kaffe da ... abrakadabra ... da haben wir Tee! *Zu Elsie.* Und du wirst auch verwandelt, Elsie, mit Inkas letztem neuen Kleid. *Sie wischt sich die Augen.* Ich darf nicht dran denken, sie war ja immer so glücklich darin, für dich wird's zu weit sein! Wir müssen Abnäher machen. *Sieht auf die Uhr.* Oh Gott, schon so spät! Sie werden gleich kommen.

Mutter Dann kämm dir wenigstens die Haare, Elsie.

Elsie *dreht sich nach der anderen Seite, abwesend, lächelnd:* Lona soll mir die Haare machen.

Mutter *verlegen:* Laß die Alberei. *Zu Belius.* Nun ist sie neunzehn und benimmt sich wie ein richtiges Kind! Spricht immer noch von diesem Mädchen ...

Elsie Lona.

Mutter Ich verstehe das nicht. Sie war doch ein reichlich verkommenes Stück, irgendwie wurzellos, wissen Sie; ich möcht drauf wetten, sie ist in der Bombennacht mit irgendeinem hergelaufenen Subjekt entsprungen!

Belius Es hätte sich sonst sicher irgendeine Spur gefunden. Aber man hat doch wohl nichts mehr entdeckt?

Mutter Nicht einen Knopf. *Sie sieht die Uhr des Vaters an Elsies Arm.* Elsie, was hast du da?

Elsie *hält die Uhr fest:* Ich geb sie ihm, wenn er wiederkommt ...

Mutter Oh, mein Gott, ... Ludwigs Uhr, Elsie, wie kommst du dazu ... gib mir sofort ...

Es klopft. Frau Belius wirft Elsie einen Bademantel über, dann öffnet sie die Tür. Rodewald tritt ein, hinter ihm Oswin, Almuth mit dem inzwischen erblindeten Nolle im Rollstuhl und Blumen.

Belius Der Bräutigam, der Bräutigam. Und fünf Minuten vor der Zeit! Er kann's nicht erwarten! *Ahmt einen Pfarrer nach.* Wollen Sie, Herr Friedrich-Karl Rodewald, Ihre Frau Anna Therese, na, und so weiter *Legt beiden die Hände ineinander.* lieben und ehren, bis daß der Tod euch scheidet?

Mutter *lacht, nimmt Almuth die Blumen ab, während Rodewald den Arm um sie legt:* Oh Almuth, Blumen! Wie lange hat's keine Blumen gegeben; man hat schon fast vergessen, wie sie aussehen ... ich danke Ihnen, Almuth, Herr Oswin, *Drückt beiden die Hand, sieht den General eintreten.* oh, und jetzt der Herr Belius persönlich *Leise.* das ist fast wie ein ... Wunder, so aufrecht, Herr Belius, so ... ungebrochen, man möchte beinah wieder Hoffnung schöpfen ...

Rodewald Mit Fug und Recht. Nun endlich haben wir die Hände frei zum neuen Anfang.

Hebt seine verkrüppelten Hände auf.

Die Mutter legt ihren Kopf an Rodewalds Schulter und weint. Frau Belius präsentiert den General, der in einer trachtenartig umgearbeiteten Uniform mit Hirschhornknöpfen in der Tür steht und lächelt.

Frau Belius Sind Sie doch nicht verzagt. Er ist es auch nicht. Meine Herrschaften, sehn Sie, da haben Sie ihn, wie eh und je ... in der guten alten stolzen Haltung ... und sogar kräftiger ist er geworden, in Gefangenschaft, seine Neuralgie ist er los ... ach, meine Lieben, atmet auf, es wird ja wieder, wird alles neu! Dies ist das erste Friedensfest!

Rodewald Ein wunderbares Wort!

Es folgt eine lange, bewegte Stille. Elsie betrachtet den General, ebenfalls lächelnd. Aber plötzlich sieht sie nicht mehr einen ehemaligen General im Trachtenanzug, sondern etwas Grauenhaftes, Furchteinflößendes wie ein Monster, ohne jeglichen Bezug zu seiner Umwelt – ein Phänomen, wie es beim Ausbruch mancher Geisteskrankheiten beschrieben wird. Sie umkreist grinsend den General und geht plötzlich mit der Schere auf ihn los. Die Mutter und Almuth schreien: »Elsie!« »die Schere«, und »halt fest«! Frau Belius rettet die Situation, indem sie Elsie Inkas Kleid über den Kopf stülpt.

Belius *beruhigend:* Scht, scht, still, still, schon gut, Kind, ja, gut ... *Dann knöpft sie Elsie sehr langsam alle Knöpfe auf dem Rücken zu. Während dieser Manipulation beruhigt sich Elsie und nimmt nach und nach das heitere Lächeln all derer an, die sich zusammengefunden haben, um das erste Fest im Frieden zu feiern. Die Mutter gibt ihr den Mohnblumenstrauß, Elsie drückt ihn an sich.*

Belius Nun, Herrschaften, was wollt ihr trinken? Kaffee oder Tee?

Sonntagskinder

Ein Drehbuch von Gerlind Reinshagen
und Michael Verhoeven

Personen und ihre Darsteller

Elsie Wöllmer *(14 Jahre)* Nora Barner
Ludwig Wöllmer *(40 Jahre, Apotheker, Elsies Vater)* Gerd Seid
Therese Wöllmer *(38 Jahre, Elsies Mutter)* Erika Pluhar
Lona *(18 Jahre, Dienstmädchen bei Wöllmers)* Pola Kinski
Karl Metzenthin *(18 Jahre, Apotheken-Praktikant)* Mario Fischel
Tilda *(42 Jahre, Thereses Schwester)* Elisabeth Schwarz
Heinrich Belius *(45 Jahre, General der Infanterie)* Rudolf Wessely
Anna-Sophie Belius *(43 Jahre, seine Frau)* Ruth Maria Kubitschek
Inka Belius *(15 Jahre, deren Tochter)* Carolin Ohrner
Friedrich Karl Rodewald *(53 Jahre, Schuldirektor)* Christoph Quest
Nolle (Norbert) *(16 Jahre, sein Sohn)* Pierre Franckh
Herr Oswin *(40 Jahre, Buchhalter in der Apotheke)* Friedrich von Thun
Almuth Oswin *(15 Jahre, seine Tochter)* Maria Hartmann
Konradi *(35 Jahre, Studienassessor)* Hartmut Becker
»Totenkopf« *(ca. 20 Jahre, Gefreiter der Panzerwaffe)* Santiago Ziesmer
Ein Pole *(ca. 30 Jahre)* Dieter Prochnow
Passanten, Soldaten, Frauen und Kinder
(Die Altersangaben beziehen sich auf das Jahr 1939.)

Regie	Michael Verhoeven
Kamera	Gero Erhardt
Ausstattung	Horst Klös
Kostüme	Gabriele Pillon
Schnitt	Dagmar Hirtz
Produktionsleitung	Wolfgang Völker
Redaktion	Dietmar Schings

Drehort: Marktbreit (Franken), Frankfurt am Main
Drehzeit: 11. 6.–28. 7. 1979

Der Film spielt in einer mitteldeutschen Stadt mit Marktplatz, Renaissancebrunnen und anderen Zeichen allgegenwärtiger Geschichte.

Die Dreharbeiten erfolgen teilweise an Originalmotiven, zu anderen Teilen im Atelier.

Der Film spielt in den Jahren 1939 bis 1945.

Er gliedert sich in abgeschlossene Zeitabschnitte, die durch langsame Ab- und Aufblenden miteinander verbunden sind.

Der Film beschreibt ganz subjektiv die Sicht der Hauptfigur ELSIE.

Es gibt keine Szene in dem Film, die nicht von ELSIE erlebt wird.

1. BILD GASSE ZUM MARKTPLATZ (ORIGINAL) TAG/AUSSEN

Enge Gasse. Durchblick auf kleinen Ausschnitt des Marktplatzes.
In dem hellen Sektor der Gasse sieht man eine Gruppe von Soldaten vorbeiziehen. Die Soldaten gehen in Zweierreihen und singen.
Soldaten Lore, Lore, Lore, Lore, schön sind . . .
Über diesem Bild beginnen die FILMTITEL.

2. BILD AM MARKTPLATZ (ORIGINAL) TAG/AUSSEN

Marktplatz einer blühenden mitteldeutschen Kleinstadt.
Die Stadt ist intakt, läßt Tradition und Bürgerstolz erkennen.
Aus den Fenstern schauen die Leute.
Sommer 1939.
Obwohl schon Abend, ist es noch hell.
Am mittelalterlichen Brunnen steht Elsie mit ihren Freundinnen Inka und Almuth. Sie stehen eng beieinander und schauen zu den Soldaten hin. Inka winkt. Einige Soldaten lachen herüber.
Elsie *singt mit, dann plötzlich*
Ob er recht hat?
Almuth Wer?
Elsie *ungeduldig*
Konradi.
Almuth Was denn?
Elsie Daß es Krieg gibt.
Inka Wenn er es sagt!
Inka wendet sich jetzt um, beugt sich über den Brunnenrand, läßt die Hand ins Wasser hängen. Elsie und Inka lachen sich an.
Elsie Inka! Er! Er! Er!
Almuth Alle sagen es, überall . . .
Elsie breitet die Arme aus.
Elsie *singt wieder – Liedstelle*
Lore, Lore, Lore . . .
Die Apotheke.
Der Apotheker Wöllmer sperrt die Glastüre ab. Im Innern brennt schon Licht.
Elsie reißt sich plötzlich unvermittelt los.

Elsie Wir machen zu. Ich muß rein.
Die Kamera begleitet Elsie über den Platz.
Almuth Gute Nacht.
Inka *überlappend*
Bis morgen, Elsie.

3. BILD VOR APOTHEKE (ATELIER) TAG/AUSSEN

Die Apotheke muß nach dem Original gebaut werden.
Elsie bleibt am zweiten großen Schaufenster der Apotheke stehen, schaut hinein.
Die Kamera sieht, was Elsie sieht:
Der Vater (Apotheker Wöllmer) im erleuchteten Kontor, in das man durch die offene Tür schauen kann, mit dem Buchhalter.
In den Apothekenräumen ist jetzt kein Licht mehr.
Elsie geht weiter, verschwindet im Hauseingang.

4. BILD FLUR APOTHEKE (ATELIER) TAG/INNEN

Vom Flur führt eine Treppe hinauf in die Wohnung, eine andere Treppe hinunter in den Keller.
Durch zwei im Muster stellenweise ganz transparente Glastüren kann man ins Kontor und ein kleines Labor sehen.
Elsie hat im Flur kein Licht gemacht. Nur in den beiden Räumen hinter der Apotheke scheint Licht.
Elsie bleibt an der ersten Tür stehen, späht ins Labor.
Durchblick ins Labor. Der Praktikant, Karl Metzenthin (Brille), arbeitet am Bunsenbrenner. Er verbrennt sich die Finger, läßt beinah den Glaskolben fallen.

5. BILD LABOR (ATELIER) TAG/INNEN

Draußen ist es noch hell, zum Arbeiten wird aber schon Licht benötigt. Metzenthin hat einen weißen Kittel an, steht an einem Labortisch.
Elsie hinter der Glastür. Sie muß grinsen, steckt jetzt den Kopf zur Tür herein.

Elsie Es gibt Krieg!

Metzenthin ist verärgert und ein bißchen erschrocken, geht nicht auf sie ein.

Metzenthin So so.

Elsie schaut ihn spöttisch an. Sie zieht eine Grimasse, schließt die Tür und ist weg.

6. BILD KONTOR (ATELIER) TAG/INNEN

Hier steht Herr Oswin über Zahlen und Büchern am Schreibtisch mit einer schönen gepflegten Messinglampe mit grünem Glasschirm.

Elsie taucht hinter der Glastüre auf, schaut herein, öffnet jetzt die Tür.

Elsie Es gibt Krieg.

Oswin schaut zerstreut von den Büchern auf.

Oswin Was ist?

Elsie *off*

Es gibt Krieg, Herr Oswin.

Oswin *lächelnd*

Wer sagt das?

Elsie kommt ein bißchen herein, bleibt aber an die Tür gelehnt, pendelt damit.

Elsie *wichtig*

Unser Lehrer. Konradi. Polen muß deutsch werden!, sagt Konradi.

Hinter ihr ist Metzenthin aufgetaucht.

Hast du Angst, Metzenthin?

Er macht eine geringschätzige Geste (Vogel), geht zur Treppe.

Oswin schaut Elsie freundlich an.

Oswin Stör mal jetzt nicht, ich muß rechnen.

Er radiert eine Ziffer aus.

7. BILD FLUR APOTHEKE (ATELIER) TAG/INNEN

Elsie macht verdrossen die Tür hinter sich zu, schaut die Treppe hinauf und rennt plötzlich sehr schnell nach oben.

Die Küche ist ein ziemlich großer Raum. Ein alter, großer Gasherd, daneben ein hölzernes Spülbecken. Am Fenster eine kleine Sitzgruppe um einen Tisch. In der Nähe des Fensters hat Tante Tilda ihre Nähmaschine aufgestellt. Dort liegen überall ihre Utensilien. Halbdunkel.
Das Dienstmädchen Lona gießt Metzenthin am Herd gerade eine Tasse heißen Tee ein.
Nähmaschinengeräusch.
Als die Tür aufgeht, rückt Lona automatisch ein bißchen von Metzenthin ab.
Elsie schließt die Tür hinter sich, lehnt sich an die Tür.
Metzenthin schaut über seine Schulter zu Elsie, gibt Zucker in den Tee, rührt um.
FAHRT
Elsie geht an Lona und Metzenthin vorbei zu Tante Tilda, die an ihrer Maschine sitzt und näht. Tilda hat eine einfache Arbeitslampe auf dem Tisch stehen, die aber nicht brennt. Kamera verweilt auf Tilda, die über den Rand der Brille kurz zu Elsie aufschaut.
Elsie nimmt das halbfertige Kleid vom Tisch, schlüpft hinein, steigt in Tildas hochhackige Schuhe, setzt die Fernbrille der Tante auf.
Tilda macht die Lampe an.
Elsie stöckelt zu Metzenthin hinüber. Auf dem Weg bleibt sie kurz am Arbeitstisch in der Mitte des Zimmers, wo die Aufschnittplatten für das Abendbrot zubereitet sind, stehen und nascht. Elsie baut sich vor Metzenthin auf, geht um ihn herum, schaut ihn »ungläubig« an.

Elsie Sehe ich richtig? Herr Metzenthin? Ja, sowas. Daß wir uns treffen. Nach so langer Zeit.
Metzenthin lächelt amüsiert, trinkt seinen Tee im Stehen.
Lona bereitet das Abendessen zu, geht hin und her.
Elsie knufft Metzenthin in die Rippen.
Scheint, Sie erkennen mich nicht! Ich bin doch Ihre ehemals Elsie, die Tochter Ihres Herrn Chefs, aus Ihrer Jugendzeit. Ach, ach, als wir noch jung und schön! Und jetzt dieser Bauch, diese Glatze!

NAH

Tilda näht einen Ärmel des Kleides.

Tilda Komm, Elsie, zieh's aus. Ich muß den Ärmel einsetzen. Du weißt doch, wir kriegen sonst Ärger mit Mutter...

NAH

Lona preßt eine halbe Zitrone aus.

Elsie kommt herangestöckelt.

Elsie Ah – was ich Ihnen noch erzählen wollte. Unser Jüngster, das Mäxchen, den Sie ja auch noch kannten, ist uns verhungert, leider, leider.

Lona Wieso verhungert?

Es klopft.

Es entsteht eine kleine, irritierte Pause. Dann hört man die Tür aufgehen.

Elsie *fröhlich*

Weil ein Krieg gewesen ist inzwischen, Mann!

Oswin ist hereingekommen, er nimmt sich eine Tasse, gießt sich selber Tee ein.

Oswin Mal's nicht an die Wand, Kind!

schüttelt den Kopf

Krieg!

Elsie umarmt Tante Tilda von hinten.

Elsie Wünscht du dir Krieg, Tante Tilda?

Tilda Ich hab' an einem genug.

Elsie Lona?

Lona Mein Gott, da wären ja auf einmal alle Männer weg.

Kamera geht mit Lona hinter zum Spülbecken, wo Lona sich kurz die Hände wäscht.

Im Vordergrund Metzenthin, der einen Schluck aus seiner Tasse nimmt.

Elsie kommt vorn ins Bild, geht ganz nah an Metzenthin heran.

Elsie Karli? Schau mir mal in die Augen!

Er streckt spaßig den Kopf vor. Elsie nimmt ihm die Brille herunter, schaut ihm tief in die Augen.

Metzenthin Mich nehmen die da sowieso nicht, weil ich nämlich einen Geburtsfehler hab.

Oswin tritt beinahe zudeckend vorn groß ins Bild. Die Kamera fährt im Folgenden im Halbkreis um ihn herum. Der tiefe Kamerastandpunkt gibt dem »harmlosen« Gerede Oswins eine gewisse Dämonie.

Oswin Ich bin ein Mensch der Mitte und für's Dauerhafte ... Ich sage immer, wo die Mitte stark ist, da gibt es keinen Krieg. Höchstens ein Feuerchen. Das fährt rein, wos morsch ist. In die Unterstadt, wo das Gesindel wohnt, die Roten und die Frauchen mit den Spiegeln vor den Fenstern.

Lona ist an ihm vorbeigegangen. Er grabscht nach ihr, will sie um die Hüfte fassen.

Hab ich recht, Fräulein Lona?

Lona entwindet sich ihm.

Metzenthin *off, sehr ironisch*

Haben Sie nicht immer recht, Herr Oswin?

Präziser böser Blick von Oswin.

Er stellt die Tasse laut ab, geht hinaus.

Oswin Gute Nacht, Herrschaften.

Die Tür schließt nicht. Metzenthin kommt ins Bild, macht die Tür zu, bleibt mit dem Rücken zur Tür stehen. Man spürt seine Erregung.

Elsie kommt heran, hängt sich bei ihm ein, promeniert mit ihm durch die Küche.

Elsie Metzenthin, hast du Angst, daß ich ihn ranziehen kann – den Krieg – durch Reden?

Metzenthin Das einzige, wovor ich Angst hätte, wär, daß ich mal den Verstand verliere.

Tante Tilda steht auf, nimmt ihr vorsichtig das Kleid ab.

Tilda Dein Onkel Bummi – Elsie – der Kapitän, der später in die Anstalt kam, der hat immer gesagt: lieber verrückt als erwachsen. Der war überhaupt ein ewiges Kind. »Aus dem Weg, es steckt an, Leute!«, schrie er immer ... bevor er sich dann im Schuppen erhängte.

Lona hat neuen Tee aufgebrüht, jetzt holt sie ein Tablett und lädt alles auf.

Lona Schrecklich. Ich möcht nie verrückt werden.

Metzenthin Aber man hat's selbst in der Hand. Das Wichtigste ist ein fester Wille – und wenn man nicht gerade die Syphilis kriegt ...

Er geht auf die Tür zu.

Gut' Nacht!

Elsie hält ihn fest. Er wendet sich zu ihr um, bleibt stehen, jetzt im Profil, nah.

Elsie Was ist Syphilis, Karli?

Metzenthin Ach, nichts Besonderes.

Elsie *fixiert ihn, ernst*
Metzenthin!

Metzenthin Das ist so eine Art von Schnupfen. Ja.
Metzenthin geht schnell hinaus.
Elsie öffnet die Tür nochmal, ruft ihm nach.

Elsie Du lügst! *Pause* Und nicht mal richtig! Nichts kann er richtig. Und die ganze Zeit hat er hier rumgesessen, anstatt in der Rezeptur zu sein. Warum sitzt er immer in unserer Küche?
Sie will gerade die Tür zumachen, da kommt Lona mit dem Tablett.
Elsie macht ihr die Tür auf, so daß sie durch kann.
Wenn ich neunzehn wäre, wie er, ich würde richtig lügen können. Alles würde ich können und noch mehr.
Pause. Elsie geht langsam und nachdenklich zur Tante.
Die Kamera fährt vor ihr her, ziemlich nah.
Die Tante näht einen Ärmel ins Kleid.
Elsie streicht der Tante über das Haar.
Plötzlich ängstlich
Ich hab niemals Angst.

9. BILD KLEINER GARTEN, HOF (ORIGINAL) TAG/AUSSEN

Elsie findet einen toten Vogel, sieht ihn lange an. Sie wickelt ihn in ihr kleines Kopftuch, trägt ihn in den Schuppen.

ABBLENDEN

10. BILD WOHNZIMMER (ATELIER) NACHT/INNEN

Das Wohnzimmer ist mit schweren deutschen Möbeln eingerichtet, dennoch hat der Raum eine warme, harmonische Atmosphäre.
AUFBLENDEN
Die Mutter sitzt im Halbdunkel am Rauchtisch. Sie hält die Zigarette wie jemand, der im Rauchen nicht geübt ist. Die Mutter trägt das Kleid, das Tante Tilda ihr gemacht hat. Sie legt eine Patience.

Der Vater sitzt vor dem Kachelofen in einem großen Sessel, liest im Licht der Stehlampe Zeitung.

SCHWENK NACH UNTEN:

Im Schlaglicht der Stehlampe lungert Elsie hinter dem Sessel am Boden und blättert in einer Illustrierten des Jahres 1939.

Die Mutter schaut zum Vater hinüber. Beide im Profil, am Bildrand.

Mutter Ludwig, mir scheint, du bist eingeschlafen.

Vater Ob wir diese Zeitung lesen oder nicht, kommt auf eins raus. Dieses ganze sogenannte »Schrifttum«. »Blut und Boden ...«

Er nimmt ein Buch nach dem anderen.

Mutter *leise*

Der Buchhändler sagt, er könnte ... auch anderes besorgen ... man malt ja wahre Schreckensbilder in der Emigrantenpresse. Er könnte Auslandszeitungen besorgen.

Vater *leise*

Du, paß auf mit dem Reden, Therese.

Die Kamera wendet sich zum Vater, so daß auch Elsie ins Bild kommt.

Der Vater legt die Zeitung weg, lehnt sich zurück, gähnt.

Die Mutter ist jetzt nicht mehr im Bild.

Ah, müde bin ich. Und weiß nicht woher. Weißt du, was ich manchmal denken muß, Therese?

Mutter *off*

Und ob ich das weiß. Ich kenne dich doch, Ludwig.

Vater Man macht nur immer seine Runde, wie ein Wasseresel, täglich seine Runde.

Elsie hört auf zu blättern.

Stell dir vor, gehen können wohin du willst – in einer anderen Stadt ein neuer Mensch sein – ohne Namen, ohne Ahnentafel ...

Mutter *entsetzt*

Um Gottes willen, Ludwig –

Vater *grinsend*

Ohne Erbgruft!

Der Vater steht auf, geht zur Mutter hinüber, schaut über sie hinweg zum Fenster hinaus.

Unsere Lona, zum Beispiel, die ist von irgendwoher gekommen und irgendwann wird sie wieder gehen, irgendwohin und ist nur dies Stück Mensch gewesen. Für uns nur: schön und jung.

Er geht wieder auf seinen Platz, nimmt wortlos die Zeitung.

Vater Lilian Harvey hat geheiratet. Einen ganz jungen Stift ... *kopfschüttelnd* T..t..t..t..

Mutter Ludwig, bitte antworte mir.

Der Vater beugt sich zum Radio hinüber und macht es an.

Die Mutter sieht ihn fassungslos an.

Warum gibst du mir keine Antwort? Wo wir uns doch immer unterhalten haben, 17 Jahre, immer ... immer ...

Das Radio tönt. Es erklingt ein langsamer Walzer.

Die Mutter beginnt plötzlich zu schluchzen, weint hemmungslos.

Der Vater steht auf, setzt sich neben sie, streichelt sie zärtlich.

Kamera näher.

Vater Aber was ist denn, was hab ich gesagt? So grundlos alles! *Pause* Und vielleicht gibts ja Krieg.

Die Mutter blickt hoffnungsvoll auf.

Mutter Meinst du wirklich?

GROSS

Elsie schaut gespannt. Die Eltern.

Der Vater schweigt.

Dann hätten wir plötzlich anderes zu denken. Und diese Gedanken, die Überspanntheiten ... hörten auf.

Plötzlich erschrocken

Aber du – Ludwig – du würdest doch bei uns bleiben?

Vater *nickt*

Man wird mich u. K. stellen, sicherlich.

Die Mutter steht auf, nimmt den Vater bei der Hand, sie wiegen sich im Takt der Musik auf der Stelle, schauen sich verwundert an.

Die Mutter läßt sich ganz von der Musik mitreißen und tanzt mit dem Vater begeistert durchs Zimmer.

Mutter *halb singend, halb sprechend*

Dann soll es Krieg geben, meinetwegen ... Krieg ... Krieg ... und wir tanzen, weil es Krieg gibt.

Die Mutter sieht plötzlich Elsie am Boden, tanzt weiter, aber etwas distanzierter.

Mutter Siehst du, deine Eltern tanzen noch ... nach 17 Jahren ... werden noch nach 30 Jahren miteinander ...

Sie hört übergangslos zu tanzen auf, geht auf Elsie zu, legt ihr die Hand auf die Schulter.
Was ich dir sagen wollte, Elsie! Ich möchte nicht, daß du dich mit den Angestellten – daß du immer mit dem Karl Metzenthin zusammenstehst. Du bist auch mittlerweile zu alt dafür.
Sie macht das Radio aus.
Der Vater ist ans Fenster getreten, schaut hinaus, er reagiert auf das Abstellen des Radios mit einer minimalen Bewegung des Kopfes.
Die Mutter kommt ins Bild, setzt sich wieder.
Hast du deine Schularbeiten fertig?

Elsie *off*
So ziemlich.
Der Vater geht zum Ofen, stochert im Feuer.
Kamera bleibt bei ihm und Elsie.

Mutter *off*
Hol sie her!
Elsie steht widerwillig auf und geht hinaus.
Der Vater legt Holz nach.

11. BILD PARKANLAGE (ORIGINAL) TAG/AUSSEN

Elsie sieht durch ihre Finger in die Sonne. Die Finger sind rosig glühend, ganz innen sieht man die festere Knochensubstanz.

ABBLENDEN

12. BILD KINO (ORIGINAL) NACHT/INNEN

Kleines Kino, gut besucht.
Eine Einstellung.
AUFBLENDEN
Querfahrt zur Leinwand.
Ziemlich weitwinkelige Optik.
Elsie mit Almuth und Inka, von hinten gut sichtbar. Sie schauen sich immer wieder voller Begeisterung an.
Auf der Leinwand (teilweise verdeckt): Original – mit den Berichten von den ersten gewaltigen Erfolgen vom Polenfeldzug.

13. BILD KLEINER GARTEN, HOF (ORIGINAL) TAG/AUSSEN

Elsie kommt mit dem im Kopftuch eingewickelten Vogel aus dem Schuppen.
Ein Spaten steht neben einem kleinen Erdloch.
Elsie wickelt den toten Vogel aus. Er ist schon ganz vertrocknet.
Elsie legt ihn ins Erdloch.
Dann zieht sie ihren kleinen silbernen Ring vom Finger, legt ihn dazu und bindet das Tuch zusammen. Sie deckt noch ein Taschentuch darüber. Dann schiebt sie mit dem Spaten Erde ins Loch.

ABBLENDEN

14. BILD KÜCHE (ATELIER) TAG/INNEN

AUFBLENDEN
Lona und Elsie sitzen in der Nähecke beim Fenster. Lona hat ihr Strickzeug (Fäustlinge) vor sich liegen. Aber sie stopft ihren Seidenstrumpf (den anderen hat sie an).
Elsie spitzt einen Bleistift. Vor ihr liegen Schulhefte und Bücher.
Lona schaut aus dem Fenster, rückt unvermittelt nahe an den Tisch, sieht dabei Elsie erschrocken an.

Elsie Lona! Du bist ja ganz rot geworden.
Sie schaut aus dem Fenster.
Durchs Fenster (möglichst Original): Unten geht ein junger Soldat in Feldwebeluniform, dreht sich nicht um.

Elsie *lacht*
Ah, der Herzallerliebste: Herbert Nickel!
Lona umarmt Elsie.

Lona Ach Elsie, es wird immer schöner! Die ganze Stadt schon voller Soldaten. Und alle Tage werden neue eingekleidet. Es ist aber gar nicht die Uniform – Soldaten, überhaupt die jungen, die sind irgendwie – wie – Sonntagskinder – so erwartungsvoll, so hübsch, von innen her.
Sie löst sich von Elsie, zieht sich den zweiten Strumpf an.
Elsie zieht ein typisches Klassenphoto aus dem Schulbuch.

Elsie Und jetzt zeig ich dir den allerbesten.

Lona Der? Das ist doch euer Referendar – Konradi, ja?

Elsie Der ist bei den Fallschirmjägern, seit neuestem.

Lona Könnte mir auch gefallen.

Elsie Ach, der gefällt der halben Schule. Den schlag dir mal gleich aus dem Kopf.
Ich will dir mal was erzählen Lona. Früher, ja wie ich ein Kind war –

Lona *lacht*
Wie du ein Kind warst ...

Elsie Ja, wenn ich an später gedacht hab, an den einen, bestimmten – ich dachte, daß ich um die ganze Erde gehen würde für ihn, barfuß, oder wenn er mich verstößt, in einer Höhle leben – mit meinem Sohn –

Lona Was für ein Sohn?

Elsie Na, wie Genoveva im Wald und Milch von einer Hirschkuh trinken.

Lona *erst verzückt, dann sich einen Ruck gebend*
Elsie, ich soll auf dich aufpassen, daß du die Spinnereien läßt, hat deine Mutter gesagt.
Lona prüft mit einem Taschenspiegel den Sitz der Naht.
Elsie schaut ihr genau zu, prüft ihre eigene Naht.
Lona gibt ihr plötzlich das Strickzeug.
Komm, hilf mir stricken.

15. BILD WOHNZIMMER (ATELIER) TAG/INNEN

Die Familie sitzt am Eßtisch.
Elsie sitzt in sich zusammengesunken.
Die Mutter legt ihr sanft die Hand ins Kreuz.
Elsie richtet sich auf, beobachtet die Mutter beim Essen.
Die Mutter hört zu essen auf, sieht Elsie an. Elsie wischt sich die Finger an der Serviette ab.

16. BILD FLUR/APOTHEKE (ATELIER) TAG/INNEN

Blick durch Glastür in den Verkaufsraum. Der Vater spricht mit Lona. Offenbar gibt er ihr irgendwelche Anweisungen. Er hat einen weichen, zärtlichen Gesichtsausdruck.
Elsie hört nichts. Sie beobachtet die beiden.

Der Säurekeller liegt unter der Apotheke. Er ist aus zwei Kellerräumen, die durch Abtragen der Zwischenwand miteinander verbunden sind, entstanden. Zwei Stützpfeiler deuten diese Trennung noch an. Im nicht sehr großen Raum mit den zwei erhöhten Fenstern mit abgeschrägter Teilung stehen Flaschen und Säureballons, Kanister und Kartons am Boden. Etwas aus der Mitte ein weißer Tisch mit einem Stuhl. Darüber eine primitive Lampe mit Glasschirm. Auch die große Eisentür ist nachträglich eingebaut.

Großer Giftschrank.

Metzenthin klebt am Tisch ein Etikett »Brennspiritus« auf eine Flasche, gibt sie Elsie.

Metzenthin Hier – die Lona soll etwas sparen, ja.

Elsie hält ihm noch eine andere Flasche hin.

Elsie Füllst du mir Magenwein ab?

Metzenthin Ach, für dich oder wie?

Elsie Mach schon!

Metzenthin Schau mal an. Was krieg ich dafür?

Elsie macht den Korken von der Flasche.

Elsie Gehört doch sowieso alles uns!

Metzenthin Aber nicht dir!

ironisch Eine Haarlocke?

Elsie Metzenthin! Du hast schon haufenweise Spangen, Locken – Schleifen – was machst du damit?

Metzenthin hat eine Schere aus der Schublade genommen.

Metzenthin Na, komm her.

Er geht um sie rum, schiebt sie ins Licht, dadurch gerät der Vorgang nah ins Bild. Sie hält still. Er schneidet ihr vorsichtig eine Haarsträhne ab.

Elsie Und jetzt?

Metzenthin legt die Locke in ein Buch, dann läßt er das Buch in der Schublade verschwinden und füllt mit einem Trichter Wein in die Flasche.

Elsie ist nahe herangetreten, hat ein Bein auf den Stuhl gestellt.

Ein Tropfen Rotwein fällt auf ihr nacktes Knie.

Elsie schaut Metzenthin unsicher an. Dann leckt sie den Weintropfen von ihrem Schenkel.

Metzenthin stöpselt die halbvolle Flasche zu, stellt sie ihr laut auf den Tisch.

Metzenthin Da!

Elsie nimmt die Flasche, geht zur Tür und will hinaus.
Kamera schwenkt mit Elsie.
Metzenthin ruft ihr nach.
off
Elsie!
Elsie bleibt stehen.
Schreibst mir einen Brief, ja?
Elsie möchte sich totlachen.

Elsie Was? . . .

Metzenthin nimmt verlegen die Brille ab, putzt sie.

Metzenthin *leicht*

Alle Frauen schreiben Briefe, seit es angefangen hat mit Polen . . . Und wenn eine nicht schreibt, tut es ihr leid, wenns zu spät ist – wenn einer im Grab liegt.
Elsie steht in der Tür.

Elsie Komm, du liegst nie im Grab, weil du's ja am Herzen hast. Außerdem seh ich dich jeden Tag.
Metzenthin bringt den Spiritusballon zurück auf seinen Platz.
Elsie kommt ein bißchen näher.
Metzenthin, würdest du sterben für einen Brief?
Metzenthin, in gebückter Haltung, wendet nur ein bißchen den Kopf.

Metzenthin Muß ich mir bis morgen überlegen.

Elsie *ruhig*

Ich schwöre: ich werde niemals solche Briefe schreiben.
Sie geht hinaus, läßt die Tür offen.
Metzenthin geht zur Tür. Kamera fährt heran, so daß ein Durchblick zur Kellertreppe entsteht. Auf der Treppe wendet sich Elsie um, muß sich bücken, um Metzenthins Gesicht zu sehen.
Genauso wie ich nie im Leben Seidenstrümpfe tragen werde.
Sie läuft weg, ruft nochmal von oben, daß es hallt.
Nie im Leben!
Metzenthin schließt die Eisentür.

18. BILD KONTOR (ATELIER) TAG/INNEN

Elsie schaut durch die Glastür ins Kontor.

Elsie Nie im Leben!

Herr Oswin am Schreibtisch. Er unterstreicht mit dem Lineal eine Zeile, schaut auf.

Elsie geht.

19. BILD BLICK INS WOHNZIMMER (ATELIER) TAG/INNEN

Ähnliche Einstellung wie Bild 16.

Der Vater steht wortlos der Mutter gegenüber. Er sieht angespannt und bedrückt aus.

Die Mutter schaut ihn unsicher forschend an.

Elsie hält sich im Halbdunkel des Flurs. Vom Rasseln der Uhr vor dem Schlagen erschrickt sie.

Der Vater klopft aufs Barometer.

20. BILD STRASSE (ORIGINAL) TAG/AUSSEN

Elsie fährt freihändig auf einem alten Herrenrad.

ABBLENDEN

21. BILD HÖHLENGANG (ORIGINAL) TAG/INNEN

AUFBLENDEN

Der unterirdische Gang könnte zu einem Bunker oder einem stillgelegten Stollen führen.

TOTAL

Kamera in Bewegung. Der Gang wird mit dem unruhigen Licht einer Taschenlampe ausgeleuchtet.

Elsie Wenn wir noch tiefer kommen, kann man die Erde von innen sehen.

Metzenthin Was willst du? Bleib doch mal stehen! Eins sag ich dir, Elsie, ich werde dir immer wieder über den Weg laufen, wo du auch bist. *Pause* Ob du es willst oder nicht.

Elsie hält Metzenthin am Ärmel fest.

Elsie Metzenthin, wie lange, glaubst du, dauert Ersticken?
Metzenthin schaut sie einen Moment an.
Metzenthin Angst hast du doch!
Elsie weicht aus, geht weiter. Der Gang macht eine Krümmung. Man sieht hinten einen rötlichen Schein.
Elsie Da sind sie.

22. BILD HÖHLE (ORIGINAL) TAG/INNEN

Die Höhle könnte ein aufgelassener Bergwerkstollen sein oder eine Art Tropfsteinhöhle. Sie ist geräumig und jetzt von Stearinkerzen erleuchtet. An den Wänden hängen etliche Wimpel und eine große Fahne, von der der rote Schimmer ausging. Nolle, Almuth und Inka sitzen in HJ-Uniform am Boden auf Kisten. Die Mädchen hocken um Nolle herum, hören ihm begeistert zu. Er liest einen Brief vor, kann an der einen oder anderen Stelle die Handschrift nicht sofort entziffern.
Nolle *lesend*
Das war ein Blitzkrieg ohnegleichen. Unsere Infanterie ist marschiert, wie keine Armee der Welt je marschierte.
Nolle sieht kurz auf.
Metzenthin und Elsie stehen am Höhleneingang.
Metzenthin schaltet die Taschenlampe aus.
Nolle liest weiter.
off, lesend
... je marschierte! Unsere Panzer immer vorneweg.
Elsie Hat er geschrieben?
Inka ist über die Störung unwillig.
Inka Psst. Ja! Konradi!
Metzenthin *spöttisch*
Der Herr Assessor!
Nolle liest, der Text begeistert ihn.
Nolle Und morgen ist Siegerparade in Warschau. Wir sitzen hier im Fliegerhorst und warten, daß es woanders wieder losgeht.
Almuth Ach, es geht ja nirgends mehr los. Keine Feier in der Aula mehr, keine einzige Sondermeldung.
Inka *glühend*
»Der Franzose verkriecht sich.« »Der Tommy zittert!« Weiter, Nolle!

Inka reißt ihm ungeduldig den Brief aus der Hand.

Nolle Es geht in jedem Fall weiter. Polen, das ist nur der Anfang.

Inka *liest*

Wer eine neue Ordnung will, der muß in größeren Zusammenhängen denken!

Almuth *feierlich*

Konradi, der weiß was. Mehr als die große Masse jemals weiß. Das sind die Besonderen ... die Führernaturen. Und er hat niemals Angst.

Nolle Blödsinn. Jeder hat Angst.

Er nimmt Inka den Brief ab.

Almuth Ich immer früh, wenn ich aufwach und mir fällt ein, daß ich sterben muß. Da hab ich jedesmal Angst.

Nolle Das ist keine Schande. Bloß, wenn du feige wirst aus Angst, oder treulos. Wenn du nur an dich denkst, nicht ans große Ganze. Konradi schreibt, er zittert förmlich vor jedem Absprung.

Nolle hat Metzenthin, der selbst nicht zu sehen ist, beobachtet. Er macht eine kleine bewußte Pause.

Ich wüßte gern mal, was ist mit Eurem Praktikanten, Elsie.

Elsie schaut auf Metzenthin.

Elsie Was soll mit ihm sein?

Nolle *off*

Er lacht so komisch.

Metzenthin hat nervös das Gesicht verzogen.

Elsie Kurzsichtig ist er.

Nolle Als ob es nicht ganz stimmt bei ihm da oben.

Alle lachen.

Über was lachst du, he? Entweder du verhältst dich anständig unter der Fahne oder du verschwindest. Ja, du könntest die Fahne grüßen!

Nolle geht zur Wand, holt die Fahne.

Kamera öffnet total.

Nolle stellt sich mit der Fahne vor Metzenthin hin, pflanzt die Fahne dramatisch auf.

Nolle So, du grüßt jetzt die Fahne.

Metzenthin reagiert nicht sofort, lehnt sich an der Höhlenwand an, läßt sich Zeit für eine Antwort.

Metzenthin Was würde wohl passieren, wenn ich draufspucke, eh?

Nolle zieht sein Fahrtenmesser, hält es ihm bedrohlich hin.

Gespanntes Warten der anderen.
In die atemlose Stille hinein spuckt Metzenthin kräftig auf die Fahne.
Nolle läßt die Fahne fallen.
Heftige Kamerabewegung mit der Aktion.
Nolle packt Metzenthin, verletzt ihn an der Hand, greift die Hand von Metzenthin, drückt sie nach unten fest auf den Boden.

Elsie *leise*
Nolle, bist du verrückt?
Das Blut tropft auf die Fahne.

Nolle Jetzt ist's eine Blutfahne. Von jetzt an . . . immer wenn du eine Fahne siehst, wird irgend etwas in dir schalten. Ganz schnell. Ohne Umweg über den Kopf.

Almuth *kichert verlegen*
Metzenthin hat sich, nachdem Nolle seine Hand losgelassen hat, aufgerichtet und hält seine blutende Hand von sich weg. Er scheint jetzt wirklich zu grinsen.

Almuth Er lacht noch immer. Und wirklich komisch.
Elsie tritt jetzt vor Metzenthin, kramt ihr Taschentuch aus der Rocktasche, will es ihm geben. Metzenthin dreht sich um und geht hinaus.
Elsie schaut Nolle vorwurfsvoll an.
Nolle steckt das Messer weg. Er hebt die Fahne auf, bringt sie auf ihren Platz zurück.

Nolle Man muß hart sein können, rücksichtslos, wenns drauf ankommt. Der wahre Führer ist immer auch Richter.
Er wendet sich zu den anderen um, ist jetzt irgendwie ermüdet, das Pathos ist weg.
Unsicher
Soweit komme ich noch.

23. BILD SPORTPLATZ (ORIGINAL) NACHT/AUSSEN

Man sieht nicht viel von dem Sportplatz. Auf den Drahtzaun, der uns im Vordergrund vom Sportplatz trennt, fällt Licht von einer Bogenlampe, die noch ein Segment der Aschenbahn beleuchtet. Ganz im Hintergrund gibt es ein paar helle Flecken, die ebenfalls von einer Bogenlampe außerhalb des Sportplatzes kommen.

HALBTOTAL

Im Lichtkegel der Bogenlampe klettert Inka über den Zaun in die Sportanlage. Almuth und Elsie bleiben draußen, lehnen sich an den Zaun.

Inka *beim Klettern*

Endlich richtig dunkel. Da trainiere ich am liebsten.

Inka zieht ihre Spikes, die sie um den Hals hatte, an.

Elsie und Almuth kleben am Zaun.

Und am allerliebsten allein! Es heißt, mit dem Nebenmann bist du schneller. Aber ich nicht. Ich bin allein am schnellsten, wenn ich niemand spür . . .

Inka geht in die Hocke, schnürt ihre Spikes zu.

In herrlicher Laune

Wie beim Endspurt – wenn sie schreien Inka! Inka! Phantastisch ist das.

Sie konzentriert sich, spurtet los, ist damit aus dem Bild.

Die Mädchen schauen ihr noch einen Augenblick nach.

Dann wendet sich Almuth verärgert ab.

Almuth Nolle will sie als Freundin haben. Alle wollen Inka als Freundin.

Elsie sieht sie erschrocken an.

Pause

Ganz hinten läuft Inka durch die Lichtflecken.

ZIEMLICH NAH

Almuth und Elsie am Drahtzaun.

Sie ist eine von diesen gewissen . . .

für sich

Sie weiß das Geheimnis und Konradi weiß es und Nolle auch. Aber die es wissen, bleiben immer unter sich.

Sie beginnt zu weinen.

Almuth Mich sieht er überhaupt nicht an, Nolle . . .

Elsie Wein doch nicht Almuth.

Elsie streichelt sie verlegen, wendet sich aber schon Inka zu.

Ruft

In-ka! In-ka! In-ka! In-ka!

Almuth putzt sich die Nase, wischt die Tränen ab.

Inka kommt lachend ins Bild gerannt, klammert sich lachend und atemlos an den Drahtzaun. Elsie lacht mit.

24. BILD STADTPARK (ORIGINAL) NACHT/AUSSEN

Ein kleiner Stadtpark. Baumgesäumte Wege mit Bänken. Buschhecken, eine größere Wiese.
Entlang eines Weges. Elsie schlendert auf die Kamera zu. Sie hat Angst im Dunkeln. Mit einem Stock schlägt sie beim Gehen auf die Büsche. Plötzlich bleibt sie stehen, dann schleicht sie auf den Vordergrund an eine Stelle heran, teilt behutsam das Gebüsch auseinander.
Im Mondlicht ist Lona mit entblößtem Oberkörper zu sehen und neben ihr der Apotheker Wöllmer.
Elsie schaut betroffen auf die beiden.
Lona, halb aufgerichtet, sieht Elsie an, lächelt.
Elsie schaut Lona an, versucht zu lächeln, bringt es nicht fertig.
Lona schaut zu Elsies Vater, der nichts bemerkt hat. Er ist ganz still.
FAHRT
Elsie wendet sich ab, geht langsam weiter, hält sich den Kopf wie bei starken Schmerzen.
ABBLENDEN

25. BILD WOHNZIMMER (ATELIER) TAG/INNEN

AUFBLENDEN
Am Rauchtisch. Eine Sektflasche wird geöffnet, in die Bowle geleert.
Um den Tisch sitzen die Mutter, General Belius (in Uniform) und Frau, Schuldirektor Rodewald. Der Vater schenkt mit einer Kelle aus, Lona serviert.

Frau Belius Ich gebe zu, das deutsche Heer hat seinen Stil verloren.

Vater Ich behaupte: seine Moral. Da hetzt man den General von Fritsch zu Tode. Und die Herren Kollegen schweigen. Gehen zum Staatsbegräbnis und schweigen.

Rodewald Alle diese Behauptungen! Das ist nicht nachprüfbar und ich muß mir's anhören. Sogar in der Schule. Die Lehrerschaft zwingt mich, Dinge zu hören ... Ich als Direktor! Wenn man mir eines Tages den Kopf öffnen würde ...

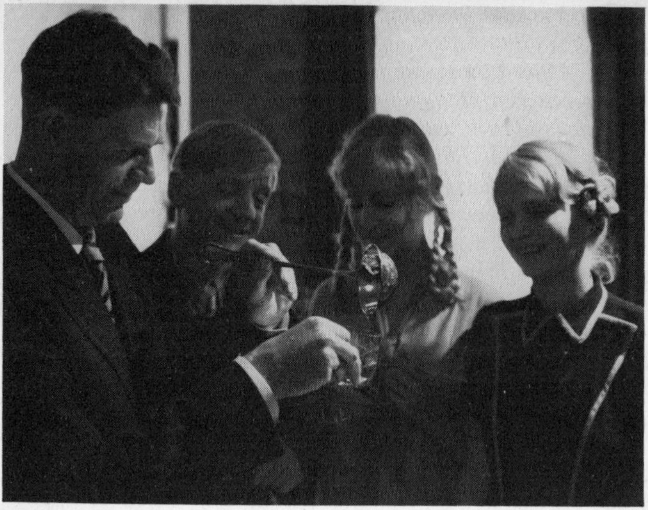

Ich möchte nichts gehört haben, Wöllmer.

Die Kinder (Elsie, Nolle und Inka) sitzen am Boden, hören zu, sehen zu.

Vater *anfangs off*

Oder die Jagd nach Ämtern im deutschen Heer, nach Orden ... die Uniformen unseres Reichsjägermeisters sind die nun unmoralisch oder schlechter Stil?

Elsie steht mit ihrem Glas auf, geht damit zum Tisch.

Kamera fährt seitlich!

Nolle und Inka folgen.

Elsie hält ihr Glas hin, der Vater gießt zuerst ihr, dann den beiden anderen ein bißchen zu.

Rodewald *mit dem vollen Glas in der Hand*

Jedermann glaubt, er könne herumkritteln. Unsere »besseren Kreise« allen voran.

Vater Gut so. Der klare Blick für die Selbsteinschätzung. Die Aufrichtigkeit – sollten wir das nicht verteidigen?

Die Mutter hebt schnell das Glas, will das Thema wechseln.

Mutter Also prost!

Schwül ist es heut. Und dabei erst Mai.

Frau Belius Aber die Bowle ist Ihnen geraten.

Mutter Dank Ihrem Waldmeister!

Frau Belius Ich hätte Ihnen Brennesseln gebracht, wenn nicht der Bursche Abromeit die Sache in die Hand genommen hätte.

Mutter Prost auf den Abromeit!

Die Erwachsenen heben die Gläser, ohne anzustoßen, trinken.

Die Kinder stoßen gutgelaunt an, lachen, albern herum.

Sie gehen auf ihren Platz zurück, sind damit aus dem Bild.

Aber langsam, Kinder!

Man setzt die Gläser ab, nickt anerkennend, setzt sich bequemer.

Frau Belius nimmt eine Zigarette aus ihrem silbernen Etui, steckt sie in die lange Spitze. Der General gibt ihr Feuer.

Elsie hält unbewußt einen Bleistift wie die Zigarettenspitze, bemerkt es.

Lona geht aus dem Zimmer.

Herr Rodewald tippt auf sein Revers.

Rodewald Ich trage diesen Knopf in der Jacke und schweige. Ich sehe, dies und das ist nicht nach meinem Gusto, aber ich schweige. –

Vielleicht aber dürfte man eben nicht schweigen ...

Vater Es gibt schließlich Dinge, Herr Rodewald, was Bildung und Erziehung anbelangt, hinter die kann der Mensch nun mal nicht zurück.

Rodewald Und doch. Ist da nicht eine Kraft, mein Lieber, plötzlich, nach der langen Zeit der Not, der wirtschaftlichen Schwäche? Nach den Jahren nationaler Schande, eine unerhörte Bewegung im Volk, die . . . ich gestehe Ihnen, daß ich das bewundere.

Vater Aber geben Sie zu, Rodewald, diese Hosen sind furchtbar. Ich wäre längst in der Reiter-SA, wenn ich nicht diese Hosen anziehen müßte!

Die Frauen lachen.

Rodewald steht verärgert auf, will gehen.

Rodewald Es ist nutzlos, mit einem Ästheten zu streiten.

Frau Belius hält ihn zurück.

Frau Belius Sie sind hier nur als Freund, Herr Rodewald.

Rodewald setzt sich wieder. Die Mutter stößt mit ihm an.

Zum Vater

Und Sie – Sie alter Defaitist – sind Sie mal froh, daß wir hier unter uns sind. Die Moral, die werden wir schon wiederfinden nach dem Sieg.

Die Mutter will die kleine Verstimmung überspielen.

Mutter Wie beurteilt unser General die Lage?

Der General lächelt freundlich, antwortet aber nicht.

Nach einer kleinen Pause antwortet Frau Belius für ihn.

Frau Belius Er schweigt, mein Heinrich – wie Moltke vor der Schlacht, aber hier *deutet zum Kopf* die Gedanken gehen Tag und Nacht. Ach, was red ich, ich rede mal wieder zuviel.

Lacht herzlich

Der General schaut unbewegt in die Runde.

Das macht, ich bin aus dem Baltikum und außerdem eine Stimmungskanone.

Sie trinkt, hat einen Einfall.

Lacht

Ich bin die Kanone und er ist der Bolzen.

Sie zeigt auf den General.

Alle lachen, nur die Mutter ist erschrocken. Der General lächelt.

Sie beginnt zu singen

Marlborough s'en va-t-en guerre, mironton, mironton, mirontaine.

Sie schaut auf die Kinder.
ZIEMLICH NAH
Die Kinder hocken am Boden.
Inka schämt sich etwas für ihre Mutter.
off
Ihr Nolle, Herr Oberstudienrat und unsere Inka, was? – Das könnte mal was werden.
Los, Kinder singt mit.
Sie singt an.
Marlborough, s'en va-t-en guerre –
NAH
Die Mutter, Rodewald, die Generalin.

Mutter Ja, Elsie sing mit.

Rodewald Na, komm Junge, du hast doch französisch gelernt.
Die Generalin singt ihr Lied, schwenkt das Glas.
Die Kinder stehen auf.
FAHRT
Sie stellen ihre Gläser beim Tisch ab, gehen verlegen zur Tür.
Die Kamera behält bei der Fahrt die Erwachsenen, die nun alle einstimmen (auch der General), im Hintergrund.
Alle Erwachsenen singen.

Frau Belius Was sind das für Kinder, die nicht mitsingen wollen, sagen Sie mal.
Die Kamera macht eine Drehung mit den Kindern zur Tür.
Elsie geht als letzte hinaus, schaut beim Schließen der Tür vorsichtig auf die Erwachsenen.
ABBLENDEN

26. BILD KÜCHE (ATELIER) TAG/INNEN

AUFBLENDEN
Elsie öffnet leise die Tür, schaut herein.
Am Herd. Lona putzt Metallteile des Herdes.
Herr Oswin versucht eine Annäherung.

Oswin Jetzt geht er nicht mehr mit Ihnen ins Wäldchen, Fräulein Lona. Jetzt zieht er in den Krieg.
Lona sieht Elsie in der Tür, windet sich heraus.
Oswin läßt Wasser in ein Glas laufen.
Fahrt mit Elsie. Elsie kommt heran.

Elsie Wer zieht in den Krieg?
Lona ist noch immer etwas verlegen. Sie schaut Elsie nicht an.
Lona Dein Vater, Elsie.
Elsie schaut verständnislos.
Herr Oswin trinkt zwischen den Sätzen.
Oswin Der Herr Pharmazierat reist an die Siegfried-Linie. Erster Klasse. Der Herr Pharmazierat möchte Paris sehen.
Er kippt den Rest in den Ausguß, stellt das Glas ab.
Im Vordergrund Lona.
Lona Ach, reden Sie doch nicht in einer Tour, Herr Oswin, ich hab Kopfweh.
Oswin geht, bleibt kurz bei Elsie in der Küchenmitte stehen.
Kamera ist nah gefolgt.
Oswin Da siehst du, kleines Fräulein, so manches tritt plötzlich ein.
Er geht zur Tür.
Kamera schwenkt mit.
Elsies Bewegung zu Lona.
Türgeräusch.
Elsie nimmt Lonas Hand.
Elsie Lona, – kannst du dir vorstellen, daß einer sich meldet zu einer Sache, von der er nichts hält?
Die Kamera fährt nahe heran.
Und freiwillig, Lona! Kannst du das begreifen?
Lona Ich begreife schon vieles nicht mehr.
Elsie Aber freiwillig, Lona, warum?
Sie hält noch immer Lonas Hand.
Lona Warum?

27. BILD WOHNZIMMER (ATELIER) NACHT/INNEN

Elsie fliegt ihrem Vater, der jetzt Uniform trägt, um den Hals. Der Vater umarmt sie fest, hebt sie, dreht sie, setzt sie behutsam ab, streichelt sie.
Vater Meine kleine Tochter.
Elsie macht sich los, geht ein paar Schritte zurück, betrachtet den Vater.
Elsie Schön siehst du aus. Du müßtest deine Uniform auch noch nachher – im Frieden tragen.

Der Vater geht auf Elsie zu, drückt sie an sich.
Mit seinem Weggang geht die Kamera nahe heran.
Elsie hat die Wange an die Brust des Vaters gelegt, schaut weit weg.
Geht Mutter nicht mit zum Zug?

Vater Doch. Sie ist drüben und macht sich schön für den Weg.
Der Vater löst seine Armbanduhr.
off
Elsie, willst du mir die Uhr aufbewahren?
Elsie nimmt die Uhr.

Elsie Die goldene – wirst du sie nicht brauchen?
Sie legt die Uhr an.

Vater Ich hab eine andere, die tut es auch.
Elsie betrachtet die Uhr am Arm.

Elsie Ich heb sie dir auf, bis du wiederkommst.

Vater Aber laß Mutter sie nicht sehen. Sie würde sich ängstigen.
Beide lächeln sich an, verschworen.
Elsie macht sofort die Uhr wieder ab, steckt sie ein, läßt sich in den Sessel fallen.

Elsie *glücklich*
Du siehst heute so lustig aus.

28. BILD VOR HAUS WÖLLMER (ORIGINAL) NACHT/AUSSEN

Derselbe Abend.
Die Fenster im oberen Stockwerk sind erleuchtet.
Kamera geht von HALBTOTAL *auf* NAH *an Elsie, die im geöffneten Fenster lehnt, heran.*
Feste Einstellung.
Blick von oben.
Der Vater geht am Arm der Mutter über den Platz.
Daneben geht Herr Oswin mit den Koffern.
Der Vater wendet sich im Gehen um.
Elsie am Fenster, winkt.
Der Vater winkt, nimmt Oswin einen der Koffer ab, schaut sich dann noch einmal um.
Er verschwindet im Abendnebel.
Elsie, im hellen Fenster, läßt langsam den Arm sinken.
ABBLENDEN

29. BILD ELSIES ZIMMER (ATELIER) TAG/INNEN

AUFBLENDEN

Elsie wälzt sich im Bett, schweißnaß, schreit im Halbschlaf.
Die Mutter kommt hereingelaufen, setzt sich an den Bettrand, streicht ihr über den Kopf.
Elsie richtet sich irritiert auf.

Mutter Du hast geträumt, Elsie.
Die Kamera fährt nahe an Elsie heran, die erschreckt ihre Mutter anschaut.
Träume sind nur deshalb so beunruhigend, weil sie nicht logisch sind. In der Wirklichkeit ist es anders.
Die Mutter schließt die Verdunkelung.
Siehst du, die Sonne scheint.
Elsie, die sich beruhigt.
Morgen wird ein schöner Tag.
Elsie atmet tief.

30. BILD ELTERNSCHLAFZIMMER (ATELIER) TAG/INNEN

Lona und die Mutter motten den Pelzmantel der Mutter ein. Er kommt, versehen mit Mottenpulver, in einen Kleiderbeutel aus weißem Stoff.
Im Hintergrund ist Elsie hereingekommen, ohne von den beiden bemerkt zu werden. Sie setzt sich auf die Wäschetruhe.
Auf dem Bett liegen ausgebreitet mehrere lange Kleider der Mutter.

Mutter *lächelnd*
Sowas gehört sich ja wohl nicht in diesen Zeiten . . .
Die Mutter trägt den Kleidersack mit dem Pelzmantel hinaus. Kamera folgt.
Lona, sich allein glaubend, geht rasch zum Bett, greift sich ein Kleid der Mutter, schiebt es unter ihren Rock in die Unterhose, streift den Rock darüber, geht hinaus.
Elsie starrt sie an, sagt aber nichts.
Die Mutter kommt zurück.
Elsie setzt sich an den Toiletten-Tisch der Mutter, fährt sich mit der Puderquaste ins Gesicht.

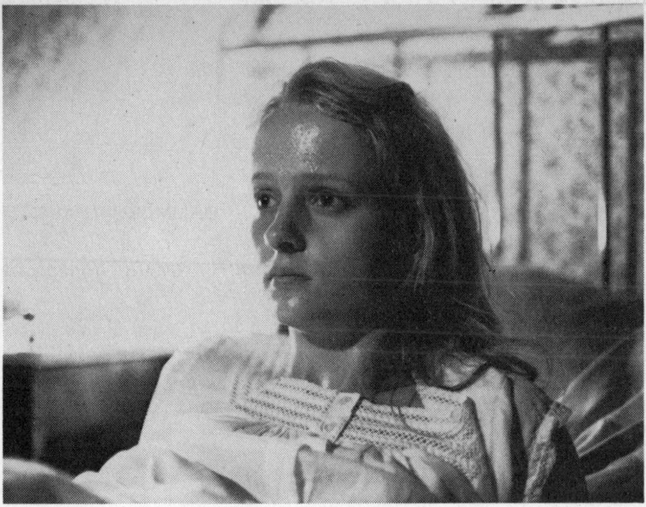

31. BILD VOR KASERNE (ORIGINAL) TAG/AUSSEN

Lona und Elsie gehen am Drahtzaun entlang.
Die Soldaten pfeifen und lachen zu ihnen hin.
Elsie versucht wie Lona zu gehen.

32. BILD AM MARKTPLATZ (ORIGINAL) DÄMMERUNG/AUSSEN

Der Platz ist menschenleer. Die meisten Fenster sind dunkel. Es ist die blaue Stunde.
Elsie sammelt Kippen, zitternd vor Kälte.
Über den Platz, aus der Tiefe der Straße kommt ein junger Soldat. Er schaut nach oben, ist unschlüssig, kommt dann auf Elsie zu, die sich heimlich eine Zigarette dreht.
NAH
Elsie steht auf, starrt ihn an.
NAH
Der junge Soldat trägt die Unform eines Gefreiten der Panzerwaffe. Sein Gesicht ist durch Pulverstaub und tiefe Brandnarben entstellt. Er sieht aus wie ein Totenkopf.
Totenkopf Ich such jemand – äh – eine gewisse Elsa Wöllmer. Sie soll in der Apotheke wohnen.
Elsie starrt.
off
Nun – mach den Mund zu. Sag ihr, ihr Freund ist da. Na geh!
Elsie schüttelt den Kopf.
Kennst du sie?
Elsie nickt.
Ja, los – führ mich hin.
Er kommt ins Bild, packt sie unsanft, schiebt sie vor sich her zur Apotheke.

33. BILD VOR APOTHEKE (ATELIER) DÄMMERUNG/AUSSEN

Der Totenkopf bleibt vor der Haustür stehen.
Totenkopf Wohnt sie hier?
Elsie nickt.

Sie öffnet ganz automatisch die Haustür, läßt sich von ihm hineinschieben.

34. BILD TREPPENHAUS APOTHEKE (ATELIER) NACHT/INNEN

Elsie macht Licht, vermeidet es, den Soldaten anzuschauen. Sie geht an die Treppe, sieht hilfesuchend hinauf.
Oben rührt sich nichts.
Plötzlich ruft sie, aber ihre Stimme ist ganz leise, wie in einem bösen Traum.

Elsie Lona! Tante Tilda!
Der Totenkopf hält ihr langsam den Mund zu, zerrt sie nach unten in den Keller.

35. BILD SÄUREKELLER (ATELIER) NACHT/INNEN

Der Totenkopf schieb sie hinein, schließt die Tür, macht Licht.
Elsie prallt gegen die Wand.

Totenkopf Wo ist sie?

Elsie *wimmert leise*

Totenkopf Hat sie mich schon von weitem gesehen? Hat sie gesagt, da kommt einer über den Platz, halt mir den Totenkopf vom Leib.
Er setzt sich auf den Stuhl, stützt seine Arme auf den Tisch.
Elsie schüttelt den Kopf.
Kannst du nicht sprechen?
Er zieht ein Bündel Briefe aus seinem Tornister, wirft es Elsie hin, die es fängt.
Kamera verliert dabei den Soldaten.
off
Da, siehst du, die Briefe! Die hab ich mitgeschleppt im Panzer, im Turm. Die sind schon in Cambrai dabeigewesen, in der Schlacht von Montcornet.
Seine Stimme wird langsamer, müder.
Weiß der Teufel, wie sie an die Feldpostnummer kam . . ., meine kleine Unbekannte. Wir sind schon ziemlich intim – ein halbes Jahr lang – jeden zwoten Tag – geschrieben. Wir –
Elsie bemerkt, daß er eingeschlafen ist. Sie schleicht auf die Tür

zu. Aber als sie bei ihm vorbeigegangen ist, schnellt er plötzlich wieder hoch, ist hellwach und packt sie am Handgelenk.
Wie gesagt, Cambrai. Wir sind die Angriffsspitze, tagelang. Und plötzlich krieg ich diese Ladung ins Gesicht.
Er zieht sie mehr an sein Gesicht.
Kamera näher.
Wir haben ein Herrenbekleidungsgeschäft! Was stellst du dir vor in der Branche ohne Gesicht? Weißt du, was sie mir schreibt?
Er läßt sie los, sie weicht aus, geht aus dem Bild.
Sie schreibt, sie liebt mich auch ohne Gesicht. Es gibt so viele Berufe im Dunkeln. Dirigent zum Beispiel, schreibt sie. Weißt du, ich bin ganz unmusikalisch. Aber wenn sie es glaubt . . .
er lacht
Der Mensch kann ja weit über sich hinaus. Siehst du, das ist die Liebe. Ich spreche sozusagen wie ein Vater. *Pause*
Ich bin schon zwanzig . . .
Er deckt die Hände über die Augen.
Stille.
NAH
Elsie.

Elsie *leise*
Die Briefe habe ich geschrieben, Hans.
NAH
Der Totenkopf nimmt die Hände vom Gesicht, schaut Elsie drohend an.

Totenkopf Ich verstehe keinen Spaß, du. Nicht mehr!
Er springt plötzlich auf, kramt Papier und Bleistift vom Tisch.

Totenkopf Komm her. Schreib. Ich will deine Handschrift sehen.
Elsie kommt zaghaft an den Tisch, nimmt den Bleistift und schreibt auf einen Block. Sie schreibt auf das Papier in Schönschrift:
»Lieber Hans.«
DerTotenkopf geht ganz nah an den Block, hält ihn dann hoch ins Licht, dreht sich wütend zu ihr um.
Also du . . . *lacht* Also an ein Kind hab ich geschrieben . . . an die hundert Mal . . . Gefühle verschwendet.
Ihn packt eine wahnsinnige Wut. Verrückt lachend reißt er Elsie die Kleider herunter. Sie wehrt sich nicht einmal. Er drückt sie auf die Tischplatte nieder.

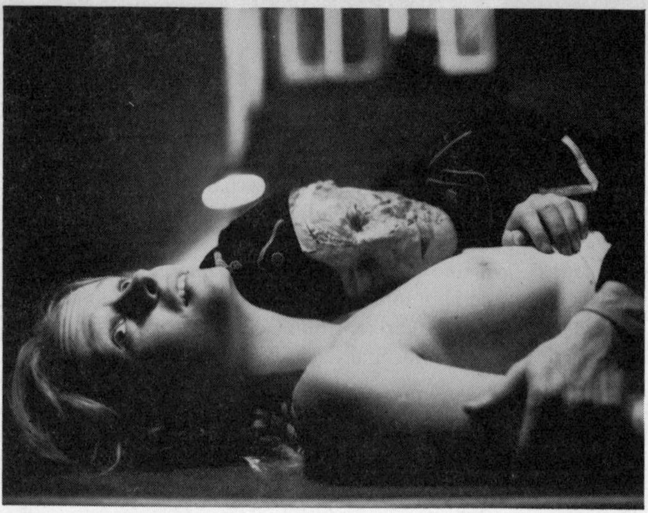

So ungeschoren kommt ihr mir nicht weg. Das macht die Heimat nicht mit uns.
Er steigt ebenfalls auf den Tisch. Das bereitet ihm Mühe.

Totenkopf He he – du verhungerte Katze, das einzige, was man machen kann mit dir, das ist erdrosseln.
Die Kamera fährt nah auf. Er will Elsie den Hals zudrücken. Sobald sie sich aber zur Wehr setzt, umarmt er sie zärtlich.
Mein Gott, Tierchen, so kalt ... Rück näher, daß man sich wärmen kann.
Er drängt sich nahe an sie, rutscht dabei halb herunter, kuschelt sich zu ihr.
Die erste Liebesnacht in der Heimat. ----- vierzig Stunden hier herunter! »Für eine Nacht ----- voller ----- Seligkeit.«
Er ist eingeschlafen. Elsie richtet sich verwirrt auf.
Lona kommt mit dem Kohleneimer. Sie nimmt zuerst den Soldaten nicht wahr, will in den angrenzenden Kohlenkeller.

Lona Elsie bist du das? Lieber Gott!
Elsie und Lona laufen aufeinander zu. Elsie umklammert Lona, beginnt jetzt zu weinen. Aber sie beruhigt sich rasch und beide schauen auf den Soldaten, gehen vorsichtig nahe an ihn heran. Kamera mit.
Sie beobachten stumm den Schlaf des Soldaten.
Wir sehen sein Gesicht nicht.

Lona Da.

Elsie Ja.

Lona Wie wenn er lacht.

Elsie Lachen kann er nicht wegen der Narben.

Lona Grausig.

Elsie Wie wenn er schon unter der Erde wär ...

Lona Der muß mal hübsch gewesen sein.
Elsie friert. Lona bückt sich nach ihrem Kleid, Elsie preßt es an ihren Körper.
ABBLENDEN

36. BILD AM MARKTPLATZ (ORIGINAL) TAG/AUSSEN

AUFBLENDEN
Um die Mittagszeit.
Gelegentlich kommen Leute über den Platz.

Metzenthin *spielt auf der Querflöte*
»My Bonnie is over the ocean«
oder ein deutsches Lied aus der Zeit.
Elsie steht neben ihm.
Er improvisiert frei, es klingt nach Jazz.
Plötzlich hört er auf zu spielen, packt ihre Hand.

Metzenthin Was ist mit dem Brief, Elsie?
Er schaut sie ernst an.

Elsie Ich sagte doch, ich schreibe keine Briefe, Karli. So, wie ich nie im Leben Seidenstrümpfe tragen werde. Und wenn ich jemals schreiben sollte –

Metzenthin Dann nur an einen Helden, was? Mit Uniform und Achselstücken.
Elsie zeigt ihm »einen Vogel«.
Möchtest du eine Geschichte hören? Du bist doch immer wild auf Geschichten. Ich bin der Sohn eines »Helden«, Elsie. Den hats im letzten Krieg noch erwischt, sozusagen mit der letzten Kugel.
Er spielt, hört gleich wieder auf.
ironisiert
Der wurde dann immer phantastischer in meiner Vorstellung, weißt du.
Er spielt kurz an, unterbricht sofort.
Ich hab keinen Namen in der Stadt. Keine Familie wie du. Aber stell dir vor, ich will auch keine.
Er lächelt grimmig.
Fängt wieder an zu spielen.
Nolle kommt in Uniform und mit Sammelbüchse über den Platz.

Nolle Wie spielst du das denn?
Metzenthin spielt unbeirrt weiter.
Nolle baut sich vor ihm auf.
Hat dir deine Mami das beigebracht?
Nolle schüttelt, um ihn zu stören, die Büchse nahe an Metzenthins Ohr.
Metzenthin spielt ungerührt weiter.
Das hast du aus gewissen Sendern, was? – Verbotenen?
Oder ist deine Mami eine Niggerin?
Metzenthin improvisiert absichtlich stärker auf Jazz.
Elsie freut sich.

Nolle gibt sich noch nicht geschlagen.
Du solltest in den Musikzug gehen. Da hättest du wenigstens eine Funktion. Und bliebst im Takt.
Metzenthin setzt ungerührt das Instrument ab.

Metzenthin Ich hab mehr Funktion als ihr alle zusammen. Wenn ich nämlich bis nachts in der Rezeptur steh, weil die Chemie-Industrie nur noch Schießpulver macht.

Nolle Du arbeitest immer so allein vor dich hin, ohne Nebenmann. Im Musikzug wüßtest du, für wen du spielst.
Die Kamera nähert sich seitlich, so daß die Apotheke mit Seitengasse im Hintergrund sichtbar wird.

Metzenthin Wenn du die Kolik hast und brauchst meine Pulver, da würdest du auf einen Nebenmann scheißen, da bist du mir als Einzelwesen dankbar.
Inka und Almuth kommen mit Sammelbüchsen aus der Seitengasse.
Sie haben Schachteln mit bunten Schmetterlingen.

Inka Kauft Abzeichen, Leute!
Die Abzeichen, die die Mädchen hochhalten. Die Mädchen rennen über den Platz.
Schneller Positionswechsel der Kamera, alles nah.

Almuth Raus mit den Groschen!
Sie hält Metzenthin die Büchse vor die Nase, klappert.
Metzenthin steckt eine Münze hinein.
Almuth will ihm ein Anzeichen anstecken.
Metzenthin wehrt ab.

Metzenthin Könnt ihr einem armen Volksgenossen schenken.
Die Mädchen lachen.
NAH
Nolle, der wieder nahe an ihn herangeht.

Nolle Hör mal, du bist doch kein Roter, oder? Auch wenn du aus der Unterstadt bist und ein Jude bist du auch nicht, das seh ich am Blick. Aber du hast verquere Gedanken!
Pause
Trotzdem, ich halt was von dir, was auch die anderen sagen, Pillendreher.

Metzenthin *erschrocken*
Was sagen die anderen?
Von der Apotheke her macht Oswin plötzlich ein Mordgeschrei.

Oswin *off*

Paris ist gefallen!
HALBNAH
(eventuell Atelier)
Oswin steht aufgeregt in der Apothekentür, schreit auf den Platz hinaus.

Oswin Im Radio! Paris ist gefallen!
Er läuft ins Haus zurück. Die Kinder rennen ihm nach.

37. BILD KONTOR DER APOTHEKE (ATELIER) TAG/INNEN

Oswin dreht den Volksempfänger ganz laut auf.

Oswin Paris ist zur offenen Stadt erklärt, es gibt keinen Widerstand.
Die Kinder stehen staunend um den Schreibtisch.
Im Hintergrund kommen jetzt die Mutter und Lona aufgeregt herein.
Aus dem Radio laut die Fanfaren der Sondermeldung.
Oswin muß sie überbrüllen.
Es fällt kein Schuß! Die deutschen Soldaten marschieren ein.
Das war wieder mal deutsche Präzisionsarbeit.
Nolle, Inka, Almuth und Lona umarmen sich, auch Elsie strahlt.
Mutter winkt nervös ab.
Oswin dreht die Musik leiser.
Die Mutter nimmt Lona an der Schürze.

Mutter Und die Post? Wo ist die Post?

Lona Wieder nichts dabei.

Mutter *lacht*
Na, also dann war das der Grund. Alle Züge fahren nach Westen, alles ist auf Paris dirigiert, wie soll da auch Post kommen.
Sie geht zu Elsie, umarmt sie.
Oh mein Gott, nun wird Vater bald selbst vor der Tür stehen.
Lona, wir müssen Blumen besorgen.

Metzenthin Ich würde noch warten. Damit man das Geld nicht umsonst ausgibt.
Lona knufft ihn.
Aus dem Radio jetzt das Englandlied.

Radio *off*

Gib mir deine Hand, deine weiße Hand, leb wohl mein Schatz . . .
Die Mutter steckt ihre Haare fest.

ABBLENDEN

38. BILD WOHNZIMMER (ATELIER) TAG/INNEN

AUFBLENDEN
Ein aufgeklebtes Zeitungsfoto von einem deutschen Ritterkreuzträger.
Eine Perlenkette pendelt über dem Foto.
Inka, Elsie und Almuth bei Tilda an der Nähmaschine.
Tilda pendelt Fotos aus.

Almuth Ein Kreis bedeutet, daß er noch lebt.
Inka Und eine Linie – einfach hin und her?
Elsie Das Gegenteil. Hat doch immer gestimmt. Oder . . . Tante Tilda?
Tilda Hundertprozentzig. Bei unserer Mutter damals, deiner Großmutter, Elsie. Dann auch, wie das Charlottchen, deine Halbcousine, starb und noch bei vielen anderen.
Elsie Ein Kreis! Ein Kreis!
Almuth Gott sei dank! Gott sei dank!
Almuth nimmt das Photo an sich, steckt es behutsam ein.
Tilda Sag mal, Almuth, bist du – ich meine, verkehrt er in deinem Elternhaus?
Elsie und Inka platzen heraus.
Inka Aber sie kennt ihn doch gar nicht.
Elsie *fast gleichzeitig*
Der ist doch nur aus der Illustrierten! Ein Ritterkreuzträger.
Elsie gibt ihr ein Photo ihres Vaters.
Jetzt das!
Tilda nimmt das Photo in die Hand, ohne es anzuschauen.
Kamera näher.
Tilda Das gefällt mir nicht, Almuth. Solche Phantasien. Als ich verlobt war, im vorigen Krieg – ich habe mir jede Art von Vorstellung verboten. Er ist ja dann gefallen, der Herr Doktor Struck, mein Bräutigam. So hatte ich mir nichts vorzuwerfen.

Tilda entdeckt, daß auf dem Photo der Vater abgebildet ist, lächelt entzückt.

Tilda Oh – Elsie, der Vater, wie er leibt und lebt.

Sie beginnt das Photo auszupendeln.

Das muß am ersten Ostertag gewesen sein, bei Tante Aldi.

NAH

Elsie erschrocken.

Elsie Tante Tilda, es wird kein Kreis.

FAHRT

Tante Tilda schaut einen Moment der Kette zu.

Tilda Wieso?

Dann hält sie die Kette an.

Was ist das aber auch für ein Photo. Man kann ja kaum Konturen sehen.

Jetzt beginnt Tilda neu zu pendeln, gibt der Kette deutlich eine Kreisbewegung.

Tilda Da. Schaut doch hin. Soll das kein Kreis sein? – Der Vater lebt. Er kommt nach Hause.

Elsie zieht der Tante das Photo unter der Perlenkette weg, betrachtet es traurig.

forciert lustig

Und jetzt pendeln wir aus, wieviel Kinder ihr kriegt.

ABBLENDEN

39. BILD RÜBENACKER (ORIGINAL) TAG/AUSSEN

Elsie, Inka und Almuth beim Rübenziehen. Sie tragen kurze schwarze Turnhosen, Kniestrümpfe und weiße Baumwollunterhemden. Inka ist den beiden weit voraus.

ABBLENDEN

Der Rübenacker längs der Furchen. Kamera tief, flacher Lichteinfall.

QUERFAHRT

Zunächst keine Personen. Die Wellenlinie der Ackerfurchen zieht durchs Bild.

Almuth *off*

Ist nicht bald Mittag?

Elsie *off*

Wir müssen die Reihe fertig machen. Sie mal, wie weit die Inka schon ist.

Almuth *off*

Ach, die mogelt. Die reißt einfach alles weg. Das ist keine Kunst. Ich kann mich nie entschließen, was ich stehen lassen soll.

Kamera bleibt jetzt stehen.

Im Vordergrund knien Elsie und Almuth.

In ziemlichem Abstand Inka.

Almuth richtet sich auf, stöhnt.

Almuth Ich bin schon ganz steif. Ah, und meine Knie!

Elsie richtet sich ebenfalls auf, hält sich den Rücken.

Almuth trinkt aus der Flasche.

Elsie Wenn jetzt Alarm käme!

Almuth Die verschwenden ihre Bomben nicht auf freiem Feld.

Elsie *fröhlich*

In Karlsruhe ist schon ordentlich was los gewesen. Bekannte von Tilda sind ausgebombt – alles hin!

Inka *von weit weg*

Hier sehen sie uns nicht.

Elsie Höchstens Tiefflieger.

Inka Wenn du dich flach in die Furche legst, dann kann dich nur ein Volltreffer erwischen. Uuuuch –

Sie wirft sich flach nieder.

Elsie stößt Almuth an. Sie erschrickt. Sie laufen zu Inka hinüber.

Kamera nah mit.

Inka richtet sich auf.

Die drei Mädchen hocken zusammen, schauen gespannt.

Ein polnischer Kriegsgefangener mit einem P auf der Jacke kommt heran.

Almuth *off*

Wie der guckt! Gefährlich!

Die drei Mädchen unbeweglich.

Elsie Vielleicht hat er nur Hunger.

Inka holt ein Klappbrot aus ihrem Beutel, gibt es an Elsie weiter.

Inka Da wirfs ihm hin. Es ist Grießaufstrich drauf. Da wird mir schon gleich schlecht.

Der Pole geht ungerührt weiter, kommt nahe an die Mädchen heran.

Als Elsie ihm das Brot hinhält, bleibt er stehen. Er schaut auf das Brot, auf die Mädchen, rührt sich nicht.
Die Mädchen.
Elsie hält noch das Brot.
Keiner bewegt sich.

Elsie Er nimmt es nicht.

Inka Die fressen alles.

Der Pole schaut ruhig auf die Mädchen.

Almuth *off*
Und man darf gar nicht mit ihm sprechen. Das ist verboten. Richtig tierisch sieht er aus.
Elsie beginnt, den Polen wie einen Hund zu locken.

Elsie Komm, Hasso, komm ... *Almuth stößt sie.*

Almuth Nicht doch, Elsie.

Elsie steht auf, geht einen Schritt auf den Polen zu, er könnte jetzt das Brot greifen.
HALBNAH
Im Vordergrund Elsie von hinten.
Der Pole rührt sich nicht, schaut sie erstaunt an.

Elsie T-t-t-t.. Bist ja auch nur ein armer Hund. Mit Hunden ists ja nicht verboten.
Inka ist plötzlich da, nimmt Elsie das Brot weg, wirft es in den Bach.
Kamera verfolgt den Flug.
Es klatscht ins Wasser.
NAH
Almuth geht zu den anderen.

Almuth Was machst du denn? ...
NAH
Der Pole lacht Inka an, geht weg.
GEGENFAHRT. SCHWENK.
Warum lacht er auch noch, wo du so gemein warst.
Der Pole ist aus dem Bld.
Nah beieinander jetzt die drei Mädchen, erhitzt, aufgeregt.
Almuth begreift die Situation nicht.
Das gute Brot! Er hätte es so nötig gebraucht.

Inka Wer weiß, was der braucht, was Elsie?
Inka stößt Elsie um, die fällt hin und zieht Inka mit. Sie rollen übermütig auf dem Acker herum.
Inka richtet sich plötzlich auf, hebt die Arme zum Himmel.

P

Inka Heiliger Petrus, lieber jetzt einen Volltreffer – hier auf freiem Feld, als in der Schule lebendig eingehen!

40. BILD KÜCHE (ATELIER) TAG/INNEN

Die Schauplätze dieses Bildes sind auf drei Situationen in der Küche verteilt.
In der Nische am Fenster sitzt Tilda an der Nähmaschine.
Vor ihr auf einem Küchenstuhl Frau Belius.
Am Herd Lona. Sie kocht. Almuth steht bei ihr.
In der Mitte der Küche hockt Elsie auf dem Fußboden.
GROSS
Im Augenblick sehen wir nur Frau Belius, die einen kleinen schwarzen Hut mit Schleier trägt. Der Schleier ist relativ dicht, so daß sie gar nicht gleich zu erkennen ist.

Tilda *off*
Elegant ist es schon. Aber – ich weiß nicht – vielleicht besser seitlich als Tuff.
Tildas Hände kommen ins Bild, raffen seitlich den Schleier.

Frau Belius Das Schlichte ist immer das Beste.
lächelt resigniert
Wär wohl auch angemessener für den Sohn. Sind sie froh, Tilda, daß Sie keine Kinder haben.
Tilda geht um sie herum, kommt so ins Bild. Sie probiert noch eine Variation mit dem Voile.
Aber der Schleier *Pause* war vielleicht doch noch etwas hübscher.
Die Kamera wandert in die Mitte zu Elsie, bleibt groß. Elsie beobachtet genau die Mimik von Frau Belius, wie sie vom Verlust des Sohnes berichtet.
Nur der Sohn. Das sagt sich so. Aber *seufzt* es hilft nichts, *verzweifelt* hilft ja nichts, das muß durchgestanden werden bis zum Sieg.
Wenn Almuth anfängt zu sprechen, wendet sich Elsie nach ihr um.

Almuth Lona, hier noch ein bißchen Puder!

Lona Aber wenn er so weiß ist, wirst du ein Vamp.

Almuth Ach ja, bitte, ich habe es satt, herumzulaufen. So . . . altbekannt, jeden Tag mit dem gleichen Gesicht, ewig mit meinem eigenen.

Die Kamera erfaßt groß das bleichgeschminkte Gesicht von Almuth.
Lonas Hände kommen ähnlich ins Bild wie vorher Tildas.

Lona *off*
Mit was für einem sonst?

Almuth Mit einem, das einer sich vorstellen möchte, im Feld, nachts – die Soldaten, weißt du! Den Mund, Lona, ruhig ein bißchen größer.
Der Mund wird überschminkt, das macht ihr das Sprechen schwer.
Ich möchte einmal *Pause* – wie jemand anders aussehen.
Das Bild wird mehr und mehr total.

Lona Du bist doch eigentlich nicht häßlich, Almuth.

Almuth Wenn ich ihn heute am Bahnhof treffe und er sieht mich zum letzten Mal. Richtig staunen soll er, Lona – ist das Almuth, wirklich?
So soll er mich dann im Gedächtnis behalten ... Nolle ...
Die Kamera fährt uns halbnah wieder zurück zum Ausgangspunkt, verweilt aber auf dem Weg bei Elsie, die zur Tante hinüberschaut.

Lona *off*
Wenn man zaubern könnte!

Frau Belius *off, stöhnt*
Ach, ich sag mir immer wieder, wie reich bist du noch mit deinen dreien. Aber der Älteste, Tilda, der Älteste, wenn Sie wüßten ...
Die Kamera ist jetzt bei den beiden Frauen. Die Generalin holt das Mutterkreuz aus der Handtasche, hält es in den Ausschnitt. Tilda richtet den Handspiegel drauf.
Ich habe das ja nie getragen, das kitschige Ding, aber hier zu dem Kleid und meiner Situation –
Sie wendet sich zu Elsie um.
Wie gefällt dir das mit dem Mutterkreuz, Elsie?
Elsie hockt mit angezogenen Knien da.

Elsie Kriegt Inka jetzt auch ein neues Kleid?

Tilda *off*
Hier. Schwarz mit weißen Tupfen.
Elsie fängt den Kleiderstoff auf.

Frau Belius *off*
Damit sie's auch bei anderen Gelegenheiten tragen kann.

Almut *off*

Und das soll schon fertig, schon alles sein?

Almuth hält den Taschenspiegel weiter weg.

Plötzlich verwischt sie die Schminke im ganzen Gesicht und schreit.

Sinnlos alles, wenn du häßlich bist und sonst weiter nichts. Keine Persönlichkeit und gar nichts. Ich – ich – die Almuth, die Tochter von Oswin – kann nichts anderes werden. Nie im Leben.

Sie klammert sich an Lona.

Elsie schaut sie erschrocken an.

off

Hilf mir doch, Lona, daß er mich ansieht, Nolle zum Abschied. Hilf mir doch, hilf mir.

Sie schluchzt

Elsie schneidet mit der Schneiderschere in den Stoff.

Frau Belius *off, kreischt*

Elsie, zum Teufel, da schneidet sie mir den Stoff kaputt. Das ist doch nicht möglich!

Tilda *off*

Elsie, Elsie!

Elsie wird der Stoff aus der Hand gerissen.

41. BILD WOHNZIMMER (ATELIER) TAG/INNEN

Elsie arbeitet an einem Strickstrumpf.

Die Mutter legt plötzlich das Buch zur Seite, nimmt das Strickzeug.

Mutter Willst du das so in der Schule abgeben? Alles verstrickt. Man möchte fast glauben, du machst das absichtlich!

Die Mutter trennt ein großes Stück auf.

Elsie will sie daran hindern.

GROSS

Die Hände der Mutter nehmen verkrampft die Maschen wieder auf.

42. BILD SPEICHER (ATELIER) TAG/INNEN

Weichnachtssachen, Baumschmuck, etc. zum Teil in Zeitungspapier gewickelt.
Elsie öffnet einen Karton mit Christbaumkugeln.
Unter einem Glasvogel: die Uhr vom Vater.
Elsie horcht daran, zieht sie auf, stellt sie.
ABBLENDEN

43. BILD STADTPARK WIESE (ORIGINAL) DÄMMERUNG/AUSSEN

AUFBLENDEN
Elsie, Inka, Almuth, Lona und Metzenthin schlendern über die Wiese. Sie pflücken Blumen.
Almuth bleibt plötzlich stehen.
Almuth Halt mal, da! Da! Konradi ...
Lona Immer allein.
Konradi geht auf der Wiese verwirrt hin und her. Er trägt die Hauptmannsuniform der Fallschirmjäger.
Elsie will Inka festhalten.
Elsie Psst – Inka.
Almuth Bleib hier!
Inka rennt los.
Konradi ist zerstreut stehengeblieben.
Elsie läuft ein Stück näher heran, versteckt sich.
Inka im Gegenlicht.
Konradi schaut sie verwundert an.
Konradi Du siehst aus, Mädchen, als ob du strahlst.
Inka wirft die Blumen weg.
lacht irr
Die Buddhisten sagen: der Mensch ist nur ein Bündel Licht.
In einiger Entfernung, im Schutz eines Gebüsches haben sich Metzenthin, Almuth und Lona hingekauert.
Elsie hat sich etwas näher versteckt, ist aber im Moment nicht zu sehen.
Almuth *zu Elsie, zischelnd*
Kannst du verstehen, was er sagt?
Pause
Was?

Elsie in ihrem Versteck, lauscht.

Elsie Pscht!

Aus der Sicht der drei.

Elsie gibt die abgehörten Sätze weiter, dreht sich immer wieder um.

Kamera fährt heran.

Schön, sich in Licht auflösen, was! *Lacht.* Zerplatzen! Wärst du in Kreta gewesen, du hättest Menschen am Himmel zerplatzen sehen. Und fliegende Leichen. *Pause*

Ich hör nichts mehr. Er flüstert nur noch. Er hält die Hände vors Gesicht. Jetzt. Er legt den Kopf in meinen Schoß. Ah – bah, was sag ich, in ihren Schoß.

Die drei.

Sie wagen, sich ein bißchen mehr aufzurichten.

Lona Er soll bei Malames direkt ins Feuer gesprungen sein. Meine Freundin kennt einen, der mit ihm war. Konradi war der letzte, der noch rausgekommen ist.

Almuth Er soll ja etwas merkwürdig geworden sein.

Metzenthin Angeblich hat er Malaria gehabt. Jetzt steht er auf.

Konradi geht schnell weg. Die Blumen wirft er auf den Boden.

Inka läuft ihm nach.

Elsie tritt aufgeregt aus ihrem Versteck heraus, ist vom Rücken zu sehen.

Elsie Inka! He – bleib doch stehen!

Inka hat ihn eingeholt. Konradi stößt sie weg. Sie läßt sich nicht abschütteln.

Jetzt fällt sie hin, rappelt sich auf, läuft ihm weiter nach.

Elsie hat das fassungslos beobachtet.

Metzenthin tritt hinter sie.

Inka – ist sie verrückt geworden? Metzenthin, hat sie denn keinen Stolz?

Er legt scheu und ungeschickt den Arm um sie.

Metzenthin, kannst du verstehen, was das bedeutet?

Er schaut sie an, wird verlegen.

Elsie läuft weg.

ABBLENDEN

Es sollte deutlich gemacht werden, daß Winter ist. Die Einstellungen mit Durchblick aus dem Fenster könnten gegebenenfalls vor- oder nachproduziert werden. Es ist auch denkbar, daß künstliche Schneeflocken aus einem oberen Stockwerk an den Fenstern vorbeirieseln. Auf Schnee sollte keinesfalls verzichtet werden.

An der Tafel sind bunte Biologie-Zeichnungen.

AUFBLENDEN

Der wirbelnde Schnee vor den Fenstern.

Langsame Rückfahrt, bis die Mutter schräg von hinten mit schwarzem Schleier ins Bild kommt, sie ist zunächst nicht zu erkennen.

Im Bild nicht sichtbar Rodewald, der vor der Tafel steht.

Rodewald *off*

Sie meinen, ich soll eine Ausnahme machen? *Pause*

Liebe verehrte gnädige Frau, wo käme ich da hin ... Ich müßte denn hundert Ausnahmen machen. Die dezimierten Familien zum Beispiel, überall schon Hinterbliebene.

Wofür? Wofür?

Und doch, wir, die wir durch Erziehung und Milieu zu Zauderern geworden sind – wir müssen wieder handeln lernen. Auch ich muß handeln, liebe Verehrte –

Die Mutter hat sich wieder zu ihm umgedreht, ihn dadurch verwirrt.

Seine Stimme klingt jetzt verzweifelt.

Ich kann Ihre Tochter nicht versetzen, Frau Wöllmer.

Die Mutter schlägt den Witwenschleier zurück, hält ihre Erregung zurück, will sie aber auch auf Rodewald wirken lassen.

Mutter Mein Mann ist bei Dijon gefallen, die Marke hat man nach elf Monaten gefunden.

Vom Knarren einer Schulbank irritiert, macht die Mutter eine Kopfbewegung.

In einer der hinteren Bänke sitzt ganz allein Elsie.

Sie steht scharrend auf, geht durch den leeren Gang nach vorn, hinaus auf den Flur.

Rodewald und die Mutter, vor der Tafel stehend, schauen zur Tür.

45. BILD FLUR VOR KLASSENZIMMER (ORIGINAL) TAG/INNEN

Grosser Flur.
Als Elsie herauskommt, geht gerade Assessor Konradi am Klassenzimmer vorbei. Elsie schließt die Tür nicht, hält beinahe ängstlich Verbindung nach drinnen.
Konradi wendet sich im Weitergehen nach ihr um, bleibt dann stehen, schaut lange.

46. BILD KLASSENZIMMER (ORIGINAL) TAG/INNEN

Rodewald *schaut nervös zur Tür.*
Bitte die Türe zu schließen . . .

47. BILD FLUR VOR KLASSENZIMMER (ORIGINAL) TAG/INNEN

Konradi schaut noch immer, mitten im Gang stehend, her.
Elsie wendet sich zur Tür.

48. BILD KLASSENZIMMER (ORIGINAL) TAG/INNEN

Elsie schlüpft ins Klassenzimmer zurück.
Die Mutter nimmt Rodewalds Hand.

Mutter *aufgeregt*
. . . vermißt bei Dijon. Mein ältester Bruder in Saloniki, ein Vetter im Atlantik ertrunken. Es sind im ganzen sechs, Herr Rodewald, sechs Männer in einer Familie.
Rodewald geht vor der Wandtafel auf und ab.

Rodewald Das ist . . . wahrhaftig eine furchtbare Zahl, darauf kommen wir nicht in meiner Familie.
Er bleibt stehen, zählt an den Fingern nach.
Nein, nur auf vier kommen wir. Aber auch das eine schlimme Zahl, ein hoher Tribut . . .
er windet sich
Elsie steht an die Wand gedrückt, schaut reglos her.
off
Gehen Sie, die Sache wird sich arrangieren. Aber es ist das

letzte Mal, die einzige Ausnahme! Ich schwöre es Ihnen!
ABBLENDEN

49. BILD KÜCHE (ATELIER) TAG/INNEN

Die Frauen sitzen um zwei Blechschüsseln auf Stühlen und Hockern neben dem Herd.
Die Mutter in Schwarz, Tilda, Lona, Elsie, Frau Belius und Inka.
Sie entschalen Bucheckern, die sie auf dem Schoß in der Schürze liegen haben.
AUFBLENDEN
Die Szene beginnt GROSS *auf den arbeitenden Händen.*
FAHRT
Mutter *off*
Für zwei Kilo Bucheckern, abgeschält, geben sie jetzt einen Liter Öl.
Frau Belius *off*
Vielleicht sollte man es abgeben, statt Kuchen zu backen.
Mutter *off*
Ein Liter Öl ist nicht zu verachten.
Frau Belius *off*
Wer weiß, was das für ein Erzeugnis ist. Vielleicht Rizinus oder Paraffin.
Gelächter
Die Frauen hocken vergnügt und gemütlich beieinander, tragen Schürzen.
Frau Belius nimmt eine Zigarette aus ihrem Silberetui, steckt sie in die obligatorische Spitze, zündet sie mit dem Feuerzeug ihres Mannes an.
Wenn sie wenigstens Zigaretten geben würden.
Alle lachen, bis auf Mutter, die sie strafend anschaut.
Was ist, war das etwa wieder zersetzend?
Elsie Ich bin für Kuchen.
Alle lachen.
Inka zählt die Personen ab.
Inka Sechs Frauen. Bald gibt es nur noch Frauen auf der Welt.
Elsie Und es geht auch!
Lachen.

Lona Wenns jetzt klopft und ein Mann reinkommt . . .
Mutter Es kommt schon keiner.
Frau Belius Wozu auch? Man hat sie sich abgewöhnt. Nicht wahr, Fräulein Lona?
Sie beugt sich anzüglich zu Lona hinüber.
Die Mutter nimmt Frau Belius sanft am Arm.
Ich wollte nur sagen, ich könnte verzichten.
Tilda Ich nicht.
Alle lachen, schauen auf Tilda.
Ich bin auf Männer angewiesen.
Die anderen lachen.
Naja, die Unterhaltung hat doch gleich ein anspruchsvolleres Niveau, wenn ein Herr dabei ist.
Kleines Lachen.
Tilda lächelt.
Es klopft.
Tilda ist wirklich ein bißchen erschrocken.
Die Tür.
Frau Belius Herein! Wenn's kein Mann ist.
Lachen
Die Tür wird von außen vorsichtig geöffnet.
Almuth schaut herein, dann hält sie die linke Hand durch die Türspalte, zeigt ihren Verlobungsring. Sie steckt wieder ihren Kopf herein, kann vor Freude nicht sprechen.
Die anderen lachen, laufen ihr entgegen.
Da kommt sie ganz herein, wird umringt, beglückwünscht.
Alle sprechen durcheinander.
Lona Ein Ring.
Elsie Mensch, ein richtiger Verlobungsring.
Inka *gleichzeitig*
Ein Verlobungsring!
Frau Belius Ja, Mädchen, du bist ja ganz verändert.
Mutter Richtig hübsch auf einmal.
Inka Versilbertes Blech, aber immerhin.
Tilda setzt sich wieder.
Almuth geht schüchtern aus dem Kreis heraus, tritt ans Fenster.
Tilda macht weiter mit den Bucheckern.
Tilda Ein Bräutchen!
Mutter Was für ein Glück für dich.
Inka an der Tür.

Inka Kommt er bald aus dem Lazarett?

Almuth am Fenster, wendet sich her.

Almuth Er ist da.

Die Gruppe.

Man geht wieder an seinen Platz.

Mutter Was denn?

Frau Belius Schon?

Tilda Und wieder ganz gesund?

Mutter Wann soll die Hochzeit sein?

Frau Belius Nein, seht sie euch an.

Mutter Na, ist am Ende doch das Beste, was einer Frau passieren kann!

Elsie ist stehengeblieben.

Ebenso Inka.

Elsie Warum hast du ihn denn nicht mitgebracht?

Almuth *off*

Er ist draußen. Er hat nicht reinkommen wollen.

Frau Belius *off*

Aber das ist doch dumm, ich hol ihn herein!

Frau Belius schiebt Elsie beiseite, geht hinaus.

Elsie und Inka gehen von der Tür weg.

FAHRT

Es kommt Bewegung in die Gruppe.

Mutter und Lona stehen auf, stellen die Stühle um den Küchentisch.

Zuletzt halbnah.

Mutter Jetzt aber schnell! Wie das hier aussieht.

Alle beginnen an ihren Kleidern herumzuzupfen.

Lona ordnet ihre Haare am Küchenspiegel.

Inka behandelt ihre Wimpern mit Spucke.

Elsie umarmt Almuth, die steif am Fenster steht.

Dialoge durcheinander.

Lona Wer hat einen Kamm?

Inka Die Schürzen ab.

Mutter *zu Elsie*

Zieh die Strümpfe hoch, Elsie. Muß ich das immer wieder sagen?

NAH

Seitlich – Frau Belius kommt rückwärts herein, zieht einen Rollstuhl, von dem zuerst nur das Geräusch der Gummiränder zu hören ist.

Die Kamera bleibt unbeweglich, sieht so an den ausgestreckten Armen von Frau Belius entlang die Griffe und die Armlehnen des Rollstuhls bis zu Nolle, der teilnahmslos, mehr tot als lebendig in dem Wagen sitzt.
Die Hereinfahrt des Rollstuhls wirkt verzögert.
Es ist totenstill.
Kurze Einstellung.
NAH
Almuth am Fenster, reglos.
HALBTOTAL
durch den Türspalt begrenzt.
Tilda steht auf.
Sie bilden eine Gasse für den Rollstuhl.
Frau Belius läßt den Handgriff los, tritt ebenfalls zur Seite.
Almuth kommt her, übernimmt den Rollstuhl.

Almuth Er ist eingeschlafen. Zeitweise ist er ziemlich lebhaft. Aber immer die starken Mittel ... die Schmerzen ...
Frau Belius schließt die Tür.

50. BILD FLUR VOR KÜCHE (ATELIER) TAG/INNEN

Metzenthin kommt heran.
Als die Tür zugeht, schiebt sich ihr Schatten über Metzenthins Gesicht. Er bleibt einen Moment nachdenklich stehen.

51. BILD KÜCHE (ATELIER) TAG/INNEN

Almuth schiebt die Überdecke am Rollstuhl in die Ritzen.
Sie schaut plötzlich auf, hat Tränen in den Augen.

Almuth Er ist im Kessel gewesen bei Demjansk.
Tilda und Mutter.

Tilda Das ist bei Ilmensee, ein Stückchen von Staraya Russa weg.

Mutter Etwas mehr rechts, oder? *Pause*
Er kann noch von Glück sagen. Und du bist besser dran als hunderttausend andere, Almuth.
Almuth läßt Wasser in ein Glas laufen.
Elsie beobachtet.

Tilda *off*

Man muß dankbar sein.

Almuth zählt Tropfen ins Wasserglas.

Kamerabewegung zum Glas, bis Nolle ins Bild kommt.

Nolle hat die Augen offen.

Almuth gibt ihm das Glas in die Hand. Er führt es langsam zum Mund. Kurz danach läßt er es herunterfallen. Das Wasser ergießt sich über die Wolldecke.

Das Glas fällt zu Boden, zerbricht.

Jetzt scheint es, als komme Nolle erst richtig zu sich.

Nolle Die alte Hofapotheke. Schön, Schön.

Er knöpft zitternd die obere Tasche seiner Uniformjacke auf, hält ein Tablettenröhrchen in der Hand.

Im Vordergrund wird das zerbrochene Glas aufgehoben, die Wolldecke abgewischt.

Ich möchte diese Tabletten – bitte –

Die Mutter nimmt das Röhrchen an sich, erkennt sofort das Etikett.

Mutter Nolle, also Norbert – für diese starken Sachen brauche ich ein Rezept.

Nolles Reaktion zeigt, daß er bereits hochgradig süchtig ist. Er schlägt der überraschten Belius mit der Krücke die Zigarette aus dem Mund, haut dann wild um sich.

Elsie drängt sich an Almuth, hält sie.

Nolle unruhig, schwitzt.

Nolle Steht es so? Ist die Heimat korrupt? Läßt sie die Jungens an der Front im Stich?

Er wird plötzlich wieder apathisch.

Almuth nimmt ihm ruhig die Krücke aus der Hand.

Er schaut um sich her, zieht Almuth heran.

Kamera kommt ganz nah.

Nolle flüstert Almuth ins Ohr.

Hüh, Mädchen, fahr zu!

Almuth packt die Griffe, schiebt den Rollstuhl im Kreis um den Tisch

Die Frauen weichen aus.

Kamera bleibt immer nah auf Nolle.

Nach ein paar atemlosen verrückten Runden bleibt Almuth stehen, beugt sich zu Nolle, der eingeschlafen ist. Sie wischt ihm den Schweiß von der Stirn.

Das Taschentuch fällt herunter.
Elsie nimmt aus Tildas Schürze ein Taschentuch, bringt es Almuth.
Almuth schlägt unerwartet Elsies Hand weg.
Elsie ist erschrocken.
ABBLENDEN

52. BILD FREIES FELD (ORIGINAL) TAG/AUSSEN

AUFBLENDEN
Sehr weite Totale.
Die gesamte Szene spielt in einer einzigen Einstellung.
Konradi, hinter dem Metzenthin herläuft, kommt schnell auf uns zu.

Metzenthin Hallo – bitte – wie spät ist es? Warum laufen Sie denn so? Bleiben Sie doch stehen, Herr Konradi!
Konradi läuft immer weiter. Wenn er nah herangekommen ist, ändert er die Richtung.
Die Kamera fährt in konstantem Abstand vor ihm her (Kreisschienenfahrt).

Konradi Entschuldigen Sie. Keine Zeit. Man muß sich präparieren für den Unterricht ... was augenblicklich interessiert, ist unsere schöne Erde, die innere Organisation. Alles Unterirdische.

Metzenthin *hat ihn noch nicht eingeholt*
Irgend etwas stimmt doch wohl nicht ganz mit Ihnen?
Ist da was mit dem Kopf, Herr Konradi?
Konradi bleibt stehen, Kamera stoppt, Metzenthin läuft auf.

Konradi Ich habe eine Entdeckung gemacht. Sie sind der Apothekenpraktikant? Gut. Gut. Passen Sie auf!
Er legt sich flach auf den Acker.
Wenn Sie sich auf die Erde legen möchten ...
Metzenthin tut es widerwillig.
Konradi legt das Ohr an den Boden.
Sie werden aufschlußreiche Dinge hören. Es ist übrigens hier die einzige Stelle ... Hören Sie? Hören Sie?

Metzenthin Ja, die Teufel in der Hölle.
Metzenthin grinst, horcht am Boden. Sein Gesicht verändert sich, er springt erschrocken auf.

Was war das?

Konradi *lacht*

Die Teufel.

Er steht auf, klopft sich die Strickjacke ein bißchen ab, geht weiter, nicht mehr so schnell.

Metzenthin hinterher.

Fortsetzung der Kamerafahrt.

Konradi Sie zittern ja am ganzen Leibe, Kerlchen. Schon gut. Versuchen wir, die Dinge zu erklären.

Machen wir logische Übungen. Passen Sie auf!

Also der Krieg geht ins vierte Jahr. Die Waffen erschöpft, wie man weiß. Da müssen neue her. Aber wohin mit den Fabriken? Was halten Sie von Stollen, beispielsweise?

Ein riesiges unterirdisches Stollensystem. Denken Sie nur, junger Mann. Was meinen Sie, wen man hinunterschicken könnte, unter die Erde verbannen? Nicht das eigene Material natürlich, das wertvolle Blut. Das wird anderweitig gebraucht. Eventuell holt man das minderwertige heran, das unreine, artfremde, auf das es eigentlich nicht mehr ankommt.

Metzenthin horcht am Boden, hört ganz fern Maschinengeräusche.

Metzenthin Sie sind verrückt geworden. Tatsächlich.

Metzenthin legt noch einmal ängstlich das Ohr auf die Erde, sieht Konradi verzweifelt an.

Sie dürfen es nicht unter den Schülern verbreiten.

Konradi *ohne sich umzuschauen*

Sie meinen, ich steckte die Kinder an? *lacht*

Keine Angst, Kinder werden niemals verrückt, sie sind es von Natur. Sie träumen.

Metzenthin Das hier sind Alpträume, wenn es wahr wäre.

Konradi Und die »Verrückten«, glauben Sie mir, die Kinder, sie sind die einzigen, die auf das *sucht nach dem Wort* ... auf dieses Ungeheuerliche reagieren ... noch reagieren können ... Wissen Sie wie? Schlafwandlerisch treiben sie ... in den Tod. Sollen sie treiben, sollen sie umkommen. Ehe sie werden wie die anderen – *lacht* die lebendigen Leichname ...

Ich verfolge die Schicksale meiner Schüler.

Metzenthin hält ihn fest.

Kamera bleibt stehen.

Metzenthin Wissen Sie, was Sie sind?

Ein Sadist, ein dreckiger!
Konradi befreit sich aus der Umklammerung.
Beide stehen atemlos.

Konradi Haben Sie jemals gesehen, wie schön sie sind – und wie häßlich sie später werden, wenn sie ihre Träume nicht mehr träumen – ihre Gefühle unterdrücken? Seit meiner Begegnung mit der Vernichtung – *lacht* kann ich die Schönheit der Kinder sehen. Ich liebe die Kinder unaussprechlich.
Er läuft weiter.
Metzenthin immer hinter ihm her.
Sie entfernen sich jetzt von der Kamera, die hinter ihnen zurückbleibt.
Ich bin der neue Lehrer, junger Mann! Ich werde eine andere Art von Unterricht erfinden.
Er packt plötzlich Metzenthin, zerrt an ihm.
Ich werde mit den Schülern in die Hölle gehen – ihre Hände auf die Kadaver legen! *lacht*
Er ist plötzlich ruhig, läßt Metzenthin los.
Sie schauen sich an.

Metzenthin Ihnen werde ich das Handwerk legen.
Konradi wendet sich ab, läuft in eine andere Richtung, schaut sich nochmal um.

Konradi *lacht*
Das glaube ich Ihnen nicht. Sie sind ja selber – Sie träumen ja auch noch.
Konradi ist seitlich aus dem Bild gelaufen.

Metzenthin *ruft ihm nach*
Ich zeige Sie an!
Er fängt wieder an zu rennen.
Halt! Warten Sie ... bitte ... es muß etwas geben ... hören Sie ... einen anderen Weg.
Er fällt hin.
Man muß sie doch ... die Kinder ... schützen ... irgendwie ...
Metzenthin horcht am Boden.
Kamera entfernt sich weiter von ihm, erfaßt von hinten Elsie, die hinter einer Birke steht.
Metzenthin beruhigt sich, weil er hier nichts mehr hört.
Elsie tritt neben ihn.

Elsie Was machst du?

Metzenthin Horch du mal! Hörst du was?
Elsie horcht am Boden, schüttelt den Kopf.

53. BILD ORTSGRUPPENLEITUNG (ORIGINAL) TAG/AUSSEN/INNEN

Die Ortsgruppenleitung ist in einem großen ungemütlichen Zimmer im Rathaus untergebracht.
Die Einstellung beginnt als Halbtotale oder Totale des Rathauses, also außen.
Die Kamera führt während der Szene näher heran, erkennt schließlich Herrn Oswin, der die SA-Uniform trägt.
Metzenthin ist in der ersten Einstellung nur vom Rücken her zu sehen.
Der Ton ist ohne Rücksicht auf die Perspektive immer
NAH/INNEN
Oswin Der Herr Metzenthin hat eine Meldung gemacht. Jetzt kommt er und nimmt die Meldung zurück. Dem Herrn Metzenthin schlägt das Gewissen.
er lacht kurz
Aber schon rollt die Lawine. Was machen wir da? Mein Rat: wir wollen uns doch nicht so wichtig nehmen. Schauen Sie, ich bin ja selbst nur eine kleine Nummer, auch wenn ich hier in der Ortsgruppe sitze. Was wollen Sie sich ein Gewissen leisten, geht das nicht irgendwie zuweit? Meine Erfahrung hat mich gelehrt, es reguliert sich am Ende alles von selbst. Ich bin ein Mensch der Mitte. Habe Überblick. Ich sehe, was sich unten tut, was oben. Und sehen Sie, dieses Regime gibt uns, den Menschen der Mitte, den gläubigen Menschen, die Mittel in die Hand, den Ausgleich zu besorgen.
Oswin betrachtet mit sichtbarem Haß sein Gegenüber.
Metzenthin sitzt vor dem mächtigen Schreibtisch. Er schaut Oswin stumm an.
Off
Und ich kann Ihnen sagen, wenn man den Herrn Assessor Konradi aufgrund Ihrer Meldung demnächst an der Laterne hochzieht –
Blick durchs angelehnte Fenster nach draußen.
Elsie steht unbemerkt vor dem Fenster, hört fassungslos zu.
Off

Ich möchte mir das selbstverständlich nicht gern ansehen ... die Pupillen, wie der Mund zuckt, alle Äußerungen beim Ersticken ...
Oswin grinst kurz. Pause
Wissen Sie, was das Zurücknehmen Ihrer Meldung bedeutet? – Wissen Sie, daß Sie sich identifizieren? Wissen Sie, daß man sie ebenfalls ...
Er lächelt heiter, unterstreicht mit dem Lineal eine Zeile mit Namen.
Metzenthin ist kreideweiß, stumm.
Off
Wollen Sie wirklich zurücknehmen?
Oswin ändert den Ton, plötzlich kurz sachlich, freundlich.
Sie brauchen hier nicht den Helden zu spielen.
Die Meldung ist längst weg. – Da hab ich einen kleinen Scherz gemacht, Herr Metzenthin. Im übrigen, der Herr Oberstudienrat Rodewald war schon vor Ihnen da ... mit ähnlichen Beobachtungen.
Metzenthin antwortet nicht.
Off
Sie stehen also nicht allein, Herr Praktikant. Es gibt ja viele ... schon viele Leute von Vernunft. Sie haben sich also nichts vorzuwerfen. Sie können gehen, Herr Metzenthin ... und wieder ruhig schlafen.
Metzenthin steht auf.
VON INNEN
Elsie duckt sich.
AUSSEN
Elsie drückt sich an die Außenfront entlang.
Metzenthin kommt rasch aus dem Rathaus, läuft über den Platz. Elsie macht ein paar langsame Schritte hinter ihm her, bleibt stehen.

54. BILD SPEICHER (ATELIER) TAG/INNEN

Elsie packt einen kleinen Koffer: Apfel, Brotkanten, Feldflasche, Wurststück, von dem sie abbeißt. Dann nimmt sie rasch die Uhr, legt sie in den Koffer, öffnet ihn nochmal mit fliegenden Händen, legt das Glasvögelchen dazu.

Sie versteckt den Koffer unter den Weihnachtssachen, geht weg . . . tut unbeteiligt.
ABBLENDEN

55. BILD AN EINEM FLUSSUFER (ORIGINAL) TAG/AUSSEN

AUFBLENDEN
Kamerafahrt
Metzenthin NAH
Er weint hemmungslos, zerbricht ein Stöckchen in kleine Stükke, die er ins Wasser wirft.
Elsie kauert hinter ihm, wendet sich jetzt ab, zerrt die Wolldecke, die über zwei leblos am Boden liegende Gestalten geworfen ist, in die Länge, um soviel wie möglich von den freiliegenden Beinen zu bedecken.

Elsie Ob sie es wirklich selbst gemacht haben?
Metzenthin NAH *vom Rücken. Er zuckt die Achsel, wirft Hölzchen in den Fluß.*
Stimmen nähern sich aus der Ferne.

Lona *off, weither*
Da sind sie.

Almuth *off*
Zugedeckt, beide.
Metzenthin wendet ein bißchen den Kopf.
Die Gruppe nähert sich entlang dem Ufer, Lona, die Mutter, Oswin.
In einigem Abstand dahinter Rodewald und Almuth, die gemeinsam Nolle in seinem Rollstuhl schieben.
Kamera HALBNAH *mit.*
Im Vordergrund vorbeiziehende Uferbüsche.

Lona Sie sollen furchtbar zugerichtet sein.

Almuth *atemlos*
Das ist immer bei Kopfschüssen.

Lona Die Nachbarn haben ein Auto gesehen, wie sie Konradi abholen wollten. Inka soll bei ihm gewesen sein. Aber man weiß nichts genaues.

Almuth Ich glaube, es war Selbstmord aus Liebe.

Mutter Der arme General! Und natürlich die Mutter . . .

Oswin Die Frau Generalin sitzt am Fenster, wie wenn nichts wär.

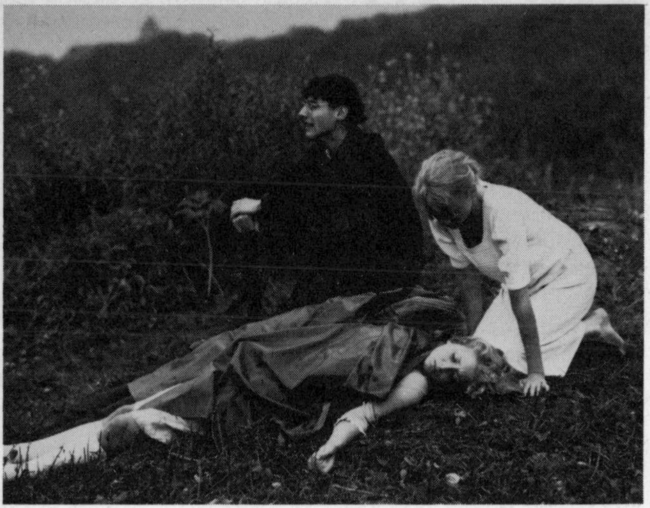

Mit ihrer langen Zigarettenspitze.

Almuth »Das ist nicht meine Tochter«, hat sie gesagt.

Sie sind angekommen.

Elsie und Metzenthin rühren sich nicht.

Zunächst ist ein Augenblick Schweigen. Alle starren auf die beiden unter der Decke.

Metzenthin rührt sich nicht.

Mutter Komm hierher, Elsie!

Die Mutter nimmt Elsie bei der Hand.

Rodewald starrt auf die Leiche.

Rodewald *leise*

Ich hätte ihn ohnehin nicht schützen können. Eltern kamen und bedrängten mich . . .

Die beiden Toten.

Der Wind bewegt die Decken ein bißchen.

Almuth neben dem erblindeten Nolle.

Oswin schaut die Toten unbeeindruckt an.

Almuth Es war Selbstmord aus Liebe.

Oswin Ja, ja. Liebe.

Lona wischt sich die Tränen ab.

Lona Ich glaube, erschossen. Von da – von drüben.

Rodewald beugt sich nahe zur Mutter, damit Oswin es nicht hört.

Elsie mit im Bild.

Rodewald *leise*

Ich habe noch selbst versucht, zu vermitteln, höheren Orts . . . Er war so eine Art zerissener Existenz.

Oswin klatscht in die Hände, schreit.

Oswin Die Welt geht unter!

Alle wenden sich erschrocken um.

Oswin Unser Fräulein Tilda!

Tilda kommt mit einem vertrockneten Blumenstrauß angelaufen, ist ganz außer Atem.

Elsie läuft ihr entgegen, hakt sich bei ihr ein. Sie bleiben in einigem Abstand stehen.

Tilda gibt Elsie den Blumenstrauß.

Elsie Dein Verlobungsstrauß!!

Tilda Man muß doch irgendwas erweisen.

Elsie geht mit den Blumen auf die Toten zu.

Kamera bleibt unverändert.

Die Mutter reißt Elsie die Blumen aus der Hand.

Mutter Bist du denn ganz verlassen? Tilda!

Sie schaut vorwurfsvoll auf Tilda, dann wirft sie die Blumen ins Wasser.

Die Mutter, empört.

Du weißt doch gar nicht – am Ende sind das Hochverräter . . .

Elsie läuft mit dem Strom mit, klettert die Böschung hinunter, fischt die Strohblumen aus dem Wasser, schaut zu den anderen her.

seufzt

Ich möchte wissen, wie's mit euch mal enden soll!

ABBLENDEN

56. BILD KÜCHE (ATELIER) TAG/INNEN

AUFBLENDEN

Auf dem Tisch ein großes Sieb mit Stachelbeeren und eine Porzellanschüssel, ebenfalls mit Stachelbeeren. Die Mutter prüft die Beeren in der Schüssel. Vorerst sieht man nur Hände.

Mutter Sie müssen zweimal durchstochen werden, habe ich das nicht deutlich gesagt? Aber hier ist gepfuscht worden. Hier und hier und da!

Sie wirft die Beeren durcheinander, so daß sie über den Tisch und auf den Boden kullern. Sie reißt Lona die Stricknadeln aus der Hand.

Die Kamera hat sich angenähert, bleibt schließlich stehen.

Die Mutter macht es vor.

Zweimal, habe ich es nicht vorgemacht? So und so, ganz durch, daß die Stachelbeeren Saft ziehen können. Aber alles umsonst. Ich rede und die Dinge gehen wie sie wollen.

Elsie, die jetzt sehr verändert, dicker, teilnahmsloser scheint, schaut ihrer Mutter von unten herauf zu.

Off

Diese allgemeine Schluderei bringt mich noch um. Das ist wie Schimmel und frißt sich weiter! Der Herr Oswin erdreistet sich – der Buchhalter! Verdreht die Augen, wenn er mich sieht.

Sie packt Elsie an den Schultern, schüttelt sie zornig, kommt damit ins Bild.

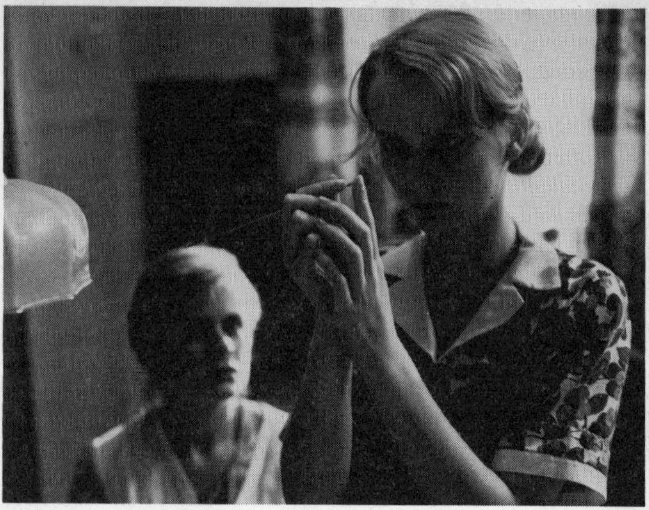

Was wird geredet? ... Wovon wird gesprochen, hier in der Küche?!
Elsie reißt sich los, flüchtet an Lonas Hals.
Kurzer Schwenk.
Die Mutter scheint sich einen Augenblick zu fassen, streift sich die Haare aus dem Gesicht. Plötzlich schreit sie unerwartet.
laut
Warum sind die Beeren so durcheinander? Ich will auf der Stelle eine Antwort.
Elsie sticht sich mit Lonas Stricknadel zweimal durch den Finger, das Blut quillt heraus.
Lona schreit entsetzt auf, greift Elsies Hand, nimmt den blutenden Finger in den Mund, lutscht das Blut ab.
Die Mutter schaut einen Moment lang entsetzt, dann reißt sie Lona Elsies Finger weg.
Das Blut tropft auf den Tisch und über die Beeren.
Die Mutter fängt an zu weinen.
Das ist doch irgendwie schon an der Grenze. Oh Gott, das ist dieser Einfluß, von dem ich sprach. Muß sie mir das antun?
Elsie schaut unbeteiligt auf ihre blutende Hand.
ABBLENDEN

57. BILD SÄUREKELLER (ATELIER) NACHT/INNEN

Der Säurekeller ist jetzt als Luftschutzkeller eingerichtet. Die Ballons und Flaschen sind in einer Ecke zusammengestellt. Das Buffet aus dem Wohnzimmer, das gute Stück, steht jetzt hier unten, angeräumt mit den wertvollen Gegenständen.
Das Radio spielt.
AUFBLENDEN
Die Kamera sucht den veränderten Raum ab, ruht zunächst kurz auf Tilda, die an der Nähmaschine sitzt.
Zuerst kein Dialog.
Radio »Und in dem Schneegebirge« ...
Rattern der Nähmaschine.
Kamera wandert weiter auf Elsie, die ein Buch liest, plötzlich aufschaut, aufsteht.
Elsie Ich möchte mal raus, auf den Platz, an die frische Luft.
Tilda Raus, raus! Es geschieht nichts von Bedeutung draußen,

alles Wichtige geschieht im Haus. Ich weiß es, bin immer zu Hause gewesen. Und als das dann mit Herrn Doktor Struck passierte . . .

Man muß nur warten. Ich habe so viele Jahrzehnte gewartet. Es war nicht so schlimm.

Elsie setzt sich wieder, versucht zu lesen.

Wo bloß Therese bleibt? Es ist doch schon lange Voralarm.

Elsie Es passiert schon nichts.

Tilda Und die drei Bomben am Exerzierplatz?

Elsie Die waren verirrt. Das ist ein kleiner englischer Soldat gewesen. Der hat sich vorgestellt, wie die Häuser brennen. Wie die Leute schreien. Er hat aber die Bombe nicht zurück nach England bringen dürfen. Da hat er sie dann raußen abgeworfen auf dem Feld.

Tilda beginnt wieder zu nähen.

Tilda Der hat geahnt, daß du hier wohnst, mein kleiner Schatz.

Elsie Jede Nacht hier unten hocken und immer umsonst.

Tilda Es geht nicht mehr lang. Die Front soll ja schon an der Oder sein!

Pause

Tilda näht.

Im Radio verklingt das Lied.

Elsie schaut vor sich hin. Plötzlich schreit sie unvermittelt in die Stille, daß Tilda hochfährt.

Elsie *laut*

Ich – denk – ich – verschimmel!

Tilda hört auf zu nähen, legt die Sachen weg.

Sie nimmt sich sichtlich zusammen, spricht leise und verständnisvoll.

Tilda Du gefällst mir nicht, Elsie.

Elsie beugt sich ins Bild, umarmt Tilda fest.

Elsie Weißt du, was herrlich wär? Wenn alles um uns rum zusammenbräche, wenn der Zusammenbruch käme, daß sie uns niemals wiederfinden. Tilda, laß uns jeder einen kleinen Koffer packen, laß uns weg hier . . . nur wir beide . . .

Tilda schüttelt den Kopf, wiegt Elsie wie ein kleines Kind im Arm.

Aus dem Radio Signal, dann

Radioansage Starke feindliche Bomberverbände im Anflug auf Mitteldeutschland.

Beide erstarren in ihrer Haltung.

Tilda *singt*
Und in dem Schneegebirge ...
Von draußen: Vollalarmsirenen.
Elsie ist plötzlich wie verändert, sie läßt Tilda los, geht zur Tür.
Tilda besorgt.
Wo die nur bleiben!
Elsie an der Tür.

Elsie Ich geh nach oben.
Tilda schreit aufgeregt.

Tilda Du bleibst da.
Offene Tür.
Elsie ist schon hinaus.
Off, schreit
Elsie!

58. BILD VOR DER APOTHEKE (ORIGINAL) NACHT/AUSSEN

Nachthimmel. (Original, Archiv?)
Christbäume flammen auf, erhellen den Himmel.
In diesem bengalischen Licht steht Metzenthin ganz allein auf dem Platz, zündet sich eine Kippe an.
Die Sirenen klingen aus.
Dann Totenstille.
Elsie kommt aus dem verdunkelten Haus gerannt. Sie läuft auf Metzenthin zu, Kamera parallel.

Elsie *schreit*
Metzenthin, komm!
Was machst du denn noch?
Sie faßt ihn an der Hand.

Metzenthin Sehe mir die Sterne an.

Elsie Menschenskind, Christbäume! Bist du verrückt.
Sie zerrt an Metzenthin, der sie gar nicht wahrzunehmen scheint.
FAHRT
Die Mutter kommt mit Lona über den Platz gelaufen, sieht Elsie, die verzweifelt versucht, Metzenthin mitzuziehen.
Die Mutter hält mit der einen Hand Lona fest, packt mit der anderen Elsie.

Mutter Kind, noch hier draußen!

Elsie Komm Karli, komm!
Mutter Schnell, schnell, jetzt hinein!
Metzenthin *abwesend*
Bin gleich da.
Die Mutter zerrt Elsie fort.
Kamera schwenkt zum Haus.
Elsie wendet sich immer wieder um.
Elsie *ruft*
Karli!
Mutter Ich lasse die Tür auf.
Elsie Karli!
Metzenthin legt sich flach auf das Pflaster mit dem Gesicht nach unten, breitet die Arme auseinander.
In der Ferne Motorenlärm.
Metzenthin *ziemlich leise, aber rufend*
Ich bin doch *Pause* – hier – Geh nicht! Lauf nicht weg, Elsie, bleib doch ...

59. BILD SÄUREKELLER (ATELIER) NACHT/INNEN

Lona liegt im Liegestuhl, die Mutter wickelt sie in eine Decke.
Geräusch der Motoren wird stärker.
Mutter Ja, sehen Sie Lona, ich hab das auch gehabt als junge Frau und alle Pillen und Tropfen haben nichts geholfen. Es war nämlich seelisch bedingt. Naja, warum soll ich Sie nicht einmal pflegen. Es sind sowieso alle Sitten zum Teufel.
Starkes Flugzeuggeräusch.
Die Mutter schaut sorgenvoll nach oben.
Oh Gott, das wird immer schlimmer da draußen ...
Leg endlich das Buch weg.
Sie beugt sich zu Elsie hinüber, schlägt ihr das Buch aus der Hand.
Kamera gerät in Bewegung, sieht jetzt Elsie und Tilda, die hektisch näht.
Die Mutter tritt hinter Tilda, umarmt sie von hinten.
Oh, Tilda, Tilda.
Tilda hört auf zu nähen.
Tilda Jemand müßte hinauf, die Brandwache machen.
Mutter *nervös*

Metzenthin ist ja oben. Der wird schon wissen ... er macht sich besser, seit er Assistent ist. Irgendwann kommt jeder zur Vernunft.
Elsie fängt an zu singen.

Elsie *singt*
Wenns schneiet rote Rosen und regnet kühlen Wein.
Ihr Gesang wird übertönt von Motorenlärm.
Kamera entfernt sich allmählich.
Tilda springt auf, holt einen zusammengeklappten Wandschirm, setzt sich wieder, preßt ihn zwischen sich und Elsie, die weiter singt, ohne daß man was hört.
Brummen der Motoren.
Die Mutter wendet sich entnervt von Tilda ab, setzt sich still neben Lona. Flugzeugbrummen entfernt sich.
Tilda zeigt plötzlich mit der Hand in eine Richtung, als habe sie eine Vision.

Tilda *singt mit*
»So kommst du auch nicht wieder,
so kommst du auch nicht wieder.
Ade mein Schätzelein.«
Wirst doch wiederkommen ...
Pause
Und die Türen bewegen sich in den Angeln und springen auf und die Gefangenen des letzten Krieges, aus Sibirien, aus dem vergessenen Dorf, alle, alle ... werden wiederkommen. Auch der Herr Doktor Struck wird wiederkommen, und wir werden teilen, was geblieben ist. Mit diesem Wandschirm werde ich das Zimmer teilen, *flüsternd* denn wir waren ja nicht getraut, der Herr Doktor Struck und ich ... noch nicht.

Mutter Tilda, was redest du da!
Es ist einen Moment unheimlich still, dann schwillt der Motorenlärm erneut an.
Lona stürzt vor an Tilda und Elsie vorbei, um sie herum zum Ausgang.

Lona *schreit*
Ich kann nicht mehr. Lieber draußen lebendig verbrennen als länger in dieser Falle ...
Elsie springt ebenfalls auf, will ihr nach, aber die Mutter kann sie festhalten.

Elsie *schreit*

Nimm mich mit, Lona!

Mutter *schreit*

Kind – Kind –

Elsie beruhigt sich.

Die Mutter läßt sie los.

De Lärm schwillt an.

Elsie tritt vor mitten in den Raum, hält sich die Ohren zu.

Stille.

Glas springt in der Anrichte.

Der Raum erzittert.

Die Wände bekommen Risse.

Mörtel fällt herunter.

Das Licht flackert.

Kamera fährt GROSS *an Elsies Gesicht heran.*

Elsies Kräfte sind überanstrengt, sie sieht den Untergang.

60. BILD VOR DER APOTHEKE TAG/AUSSEN

61. BILD RUINE INNEN (ATELIER) TAG/INNEN

TOTAL

Der Platz ist kaum wiederzuerkennen. Diese Szene muß im Atelier gedreht werden. Charakteristische Elemente wie der Brunnen (zerstört) lassen uns annehmen, daß es sich um den Platz vor der ehemaligen Apotheke handelt. Alles ist ringsherum kaputt. Inmitten der Verwüstung liegt Metzenthin, wie wir ihn zuletzt gesehen haben.

Ein GERÄUSCHLOSER *heißer Sturm fegt Asche, Rauch und Staub über den Platz und über Metzenthin.*

NAH

Elsie kommt aus dem Keller. Die Fassade der Apotheke ist teilweise erhalten.

HALBNAH

FAHRT

Elsie geht in die Mitte des Platzes.

Elsie Es ist schon alles vorbei. Nur heiß ist es noch.

Sie bleibt vor Metzenthin stehen, bückt sich zu ihm hinunter.

Siehst du, Karli, der Brief.

Sie wendet Metzenthin auf den Rücken, setzt ihm die kaputte

Brille auf sein nur wenig entstelltes Gesicht. Dann hält sie ihm ein leeres Blatt hin.
Kamera näher.
Der Brief! »Lieber Karli« ...
Sie läßt den Brief im Wind davonflattern.
Du wolltest doch immer einen Brief!
Ein alter Mann mit Leiterwagen kommt vorbei.

Mann Fräuleinchen, Ihr Haus ist abgebrannt. Das schöne alte Haus ... gewesen ...
Die oberen Stockwerke der ausgebrannten Apotheke sind nur noch an der Fassade mit den Fensterlöchern zu erkennen.
Die Kamera nähert sich einem Türspalt, der in einen Raum führt, wo früher das Labor, das Kontor und das Treppenhaus waren.
Stimmen werden lauter, sind schließlich zu verstehen.
Allmählich – je mehr die Kamera durch den Türspalt von dem Raum sieht – werden die Umrisse eines provisorisch eingerichteten Behelfszimmers erkennbar.
Der zunächst finstere Raum füllt sich langsam mit Licht.
Personen werden sichtbar.
Damit ist der Übergang in die nächste Szene erfolgt.
Während der Heranfahrt an das Innere der Ruine ist leise Musik zu hören.
Der unmerkliche Zeitsprung von etlichen Wochen soll ganz selbstverständlich wirken, als wäre inzwischen nichts von Bedeutung geschehen.
Aus dem Treppenhaus und Teilen von Kontor und Labor ist hier ein mit Blech, Brettern und Dachpappe gedeckter Wohnraum entstanden.
Einige optimistische Details wie gedeckter Kaffeetisch, Blumen, brennende Kerzen und Schallplattenmusik, sowie die Ordnung der altbekannten Möbel deuten an, daß das Leben wieder anfängt.
Die Mutter steht in einem aus dem Anzug des Vaters umgearbeiteten Schneiderkostüm in der Mitte des Raumes.
Frau Belius setzt ihr einen weißen Hut mit weißem Schleier auf, nestelt daran herum.

Frau Belius Sind wir nicht eine schöne Braut? Na und jung sowieso.
Die Mutter nimmt den Schleier hoch.

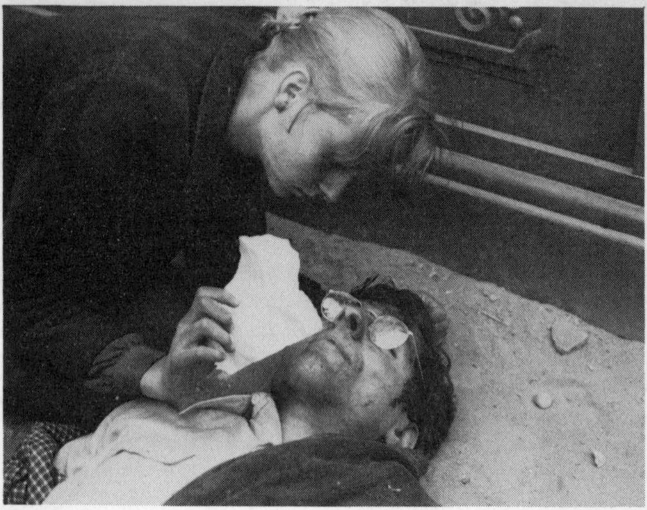

Mutter Wenn man das irgendwie hochnehmen könnte.
Die Kamera fährt weiter auf Elsie, die sich im Hintergrund frierend an die Wand drückt.

Frau Belius *off*
So als Tuff vielleicht. Ihr Fräulein Schwester hat das ja so exzellent gekonnt.

Mutter *off*
Wissen Sie was –
Mutter und Frau Belius aus Elsies Sicht.
Sie treibt sich herum neuerdings, kein Mensch weiß wo ... trotz ihrer Thrombose.
Fragen Sie nicht, mit was für Subjekten.

Frau Belius Vielleicht sollte man sie mal in die Klinik stecken, beobachten lassen.

Mutter Und manchmal bleibt sie über Nacht weg.
Frau Belius steckt ihr Blumen ans Revers.
Elsie lehnt an der Wand.

Frau Belius *off*
Das Kostüm – wunderbar, wenn man bedenkt – aus dem Anzug. *Lacht.* Ein schwarzer Tag für den Herrn Oswin, was? Er hat ja die Fau Pharmazierat verehrt.
HALBTOTAL
FAHRT
Frau Belius geht an die Anrichte, zieht den Tauchsieder-Stecker aus dem Steckkontakt, nimmt ihre Handtasche.
Kinder, wißt ihr, daß ich zaubern kann?
Abrakadabra.
Sie holt zwei Päckchen aus ihrer Handtasche, zeigt sie einzeln her.
Und schon ist Kaffee da ... Simsalabim ... da haben wir Tee!
Sie steckt lachend die Päckchen wieder in die Tasche zurück. Sie geht zur Nähmaschine, nimmt dort Inkas schwarz-weiß gemustertes Kleid weg und bringt es Elsie.
Und du wirst auch verwandelt, Elsie. Mit Inkas letztem neuen Kleid.
Sie hält das Kleid nah an Elsies Gesicht.
Kamera fährt ganz dicht auf, hat zuletzt beide im Profil.
Ich darf nicht dran denken. Inka –
Frau Belius wischt sich die Tränen aus den Augen.
Sie war ja immer so glücklich darin.

Sie nimmt sich zusammen, spricht in anderem Ton weiter, geht zur Nähmaschine.
Kamera mit ihr.
Ich muß nur noch diesen Abnäher machen.
GROSS
Elsie dreht den Kopf an der Wand zur Seite.
Gleich darauf das Rattern der Nähmaschine.

Elsie *abgewandt*
Lona soll mir die Haare machen.

Mutter *off*
Laß die Alberei. Lona ist weg.

Elsie Lona!
Elsie hebt den Arm nah ans Gesicht, schaut auf die Uhr vom Vater.

Mutter *off, erschrocken*
Elsie, was hast du da?

Elsie Ich geb sie ihm, wenn er wiederkommt.
Die Mutter zieht Elsies Arm mit der Uhr zu sich her, Kamera folgt, bringt die Mutter groß ins Bild.

Mutter Mein Gott, Elsie, wie kommst du daran?
Es klopft.
Die Mutter reagiert nicht, hält den Arm krampfhaft fest.
Klopfen.
Die mit Brettern zusammengehaltene Tür geht auf.
Herr Rodewald tritt ein.
Frau Belius steht von der Nähmaschine auf.
Hinter Rodewald folgt Almuth, sie schiebt Nolle im Rollstuhl herein, zuletzt kommt Oswin, der die Tür hinter sich schließt.
Rodewald schweigt, lächelt feierlich.

Frau Belius Der Bräutigam! Der Bräutigam! Und fünf Minuten vor der Zeit. Er kanns nicht erwarten.
Die anderen stellen sich unbequem auf.
Almuth drückt Nolle den Mohnblumenstrauß in die Hand, der auf seinem Schoß lag.
Frau Belius ahmt einen Pfarrer nach.
»Wollen Sie, Herr Friedrich Karl Rodewald, Ihre Frau Anna Therese«, na und so weiter . . .
Sie führt die Hand der Mutter weg von Elsie, legt sie in die von Rodewald.

Mutter *lacht wieder*

Oh, Blumen, ach!
Kamera fährt im Halbkreis näher heran.
Nolle streckt die Hand mit dem Blumenstrauß aus.
Rodewald tritt an die Seite des Rollstuhls, die Mutter an die andere.
Nolle hält die Blumen in die falsche Richtung.
Almuth schiebt Nolles Arm zur Mutter hin, die die Blumen nimmt.
Wie lange hat es keine Blumen mehr gegeben . . .
Sie drückt Nolle die Hand, dann Almuth.
Danke, Norbert, ich danke Ihnen, Almuth – Herr Oswin.
Oswin nimmt ihre Hand, macht eine tiefe Verbeugung.
Der General tritt ein. Seine Uniform ist zu einem Trachtenanzug umgearbeitet, ist aber noch zu erkennen.
Er lächelt stumm.
off
Oh, und der Herr Belius persönlich, so aufrecht noch immer, so ungebrochen, das ist fast wie ein Wunder.
Frau Belius kommt ihrem Mann, der noch immer in der Tür steht, entgegen, hängt sich bei ihm ein.

Frau Belius Sehen Sie, da haben Sie ihn wie eh und je, in der guten alten stolzen Haltung. Sogar zugenommen hat er in Gefangenschaft.
Die Mutter lehnt den Kopf an Rodewalds Schulter.

Mutter Man möchte beinah wieder Hoffnung schöpfen.

Frau Belius Ach, meine Lieben, es wird ja wieder, wird alles neu. Dies ist das erste Friedensfest.

Rodewald Ein wunderbares Wort.
Sie setzen sich.
Elsie. Ihr Gesicht hat einen Ausdruck großen Schreckens angenommen.
HALBTOTAL
FAHRT NÄHER
Aus Elsies Sicht sind die Dimensionen des Raumes vollkommen verändert.
Er ist groß, scheint eine unendliche Tiefe zu haben. Dadurch verlieren die Personen jede Beziehung zueinander.
NAH
Der General lächelt plötzlich.
Das Lächeln erschaut Elsie als Grimasse.

Er steckt sich ein weißes Tüchlein in die Tasche.
Elsie sieht nur die Finger und das Tüchlein, hebt die große Schneiderschere wie einen Dolch hoch, kommt mit verzerrtem Gesicht auf den General zu, bleibt vor ihm stehen, hält die Schere hoch.
Entsetzter Schrei von der Mutter.

Mutter Elsie!
Wieder real:
Elsie stürzt auf den General zu, der erschrocken ausweicht. Dadurch dringt die Schere in das Schrankholz, bleibt stecken.
Almuth umklammert Elsie.
Oswin zieht die Schere aus dem Holz, glättet mit dem Finger das Fournier.
Frau Belius stülpt Elsie das Kleid über den Kopf.
Zusammen mit Almuth zieht sie ihr das Kleid – ohne Ärmel – wie eine Zwangsjacke an.
Dabei spricht sie mit beruhigender Stimme auf Elsie ein.

Frau Belius Scht . . . scht . . . still, still, schon gut, Kind, ja.
Elsie läßt sich wie eine Puppe von Frau Belius umdrehen.
Behutsam greift Frau Belius ins offene Kleid, holt ihr die Arme hoch, steckt sie durch die Ärmel und knöpft ihr, jetzt hinter Elsie stehend, das Kleid zu.
Elsies Gesicht entspannt sich.
Die Mutter gibt Elsie den Mohnblumenstrauß in die Hand.
Oswin legt die Schere in den Nähkasten.
Nolle wird von Almuth auf seinen Platz gerollt.
Elsie läßt sich von der Mutter in einen Sessel setzen.
Als die Mutter wieder neben Rodewald Platz genommen hat, setzt sich auch Oswin.
Frau Belius läuft zur Anrichte, nimmt die beiden Päckchen aus der Handtasche.
Nun, Herrschaften, was wollt ihr trinken? Kaffee oder Tee?
Großes Gelächter, das von der einsetzenden Schlußmusik übertönt wird.
Almut und Frau Belius kümmern sich um die Bewirtung, Kuchen wird aus der Anrichte genommen, aufgeteilt.
Man unterhält sich lebhaft, es ist aber kein Dialog zu hören.
Elsie sitzt brav auf ihrem Platz.
Über dieser Schlußeinstellung liegt der Titelabspann.

Gerd Jäger
Gespräch mit Gerlind Reinshagen

Frau Reinshagen, ich verstehe, wenn Sie sagen »Das Stück ist nicht autobiographisch«. Könnten Sie trotzdem erzählen, wie es Ihnen von 1939 bis 1945 ergangen ist?

So gern ich möchte, auf diese Frage kann ich keine Antwort finden, kann auch dem Stück nichts mehr hinzufügen, verzeihen Sie.

Es ist das erste Mal, daß Sie sich mit einem Theaterstück in die Vergangenheit begeben. ›Doppelkopf‹, ›Leben und Tod der Marilyn Monroe‹ und ›Himmel und Erde‹ waren ›Jetzt-Stücke‹. Was interessiert Sie an der Vergangenheit, oder, sagen wir mal: warum haben Sie kein Stück über heutige Kinder geschrieben?

Ich glaube, es ist ein Stück über alle Kinder, die in einem derartigen Milieu – das es auch heute noch in kleineren, mittleren Städten, in Stadtteilen, auch in Berlin-Steglitz noch gibt – aufwachsen. Beim Untersuchen der Wunden und Male, die diese ›*Sonntagskinder*‹ während der Zeit ihrer Jugend empfingen, kommt heraus, daß die schwersten Verletzungen nicht von den Schreckbildern selbst, sondern von dem fürchterlichen Pragmatismus der Erwachsenen herrühren, der jede Antwort, jeglichen Gegenentwurf zunichte macht. Ich habe das Stück immer auch als Entwicklungsstück gesehen, also gleichzeitig heutig.

Das Dritte Reich fügt sich nahtlos in die deutsche Geschichte dieses Jahrhunderts? Das ist für 1933 logisch, aber für 1945? Die letzte Szene von ›Sonntagskinder‹ betont den glatten Übergang vom Krieg zum Frieden, betont ihn mit der Hochzeit der Kriegerwitwe mit dem Mitläufer.

Für mich ist die letzte – die Hochzeitsszene – die schlimmste im Stück. Hätte ich »damals« auch nur einen einzigen Menschen getroffen, der einen einzigen Gedanken in eine neue Richtung ausgeschickt hätte – vielleicht wäre sie anders ausgefallen. Was statt dessen zu erfahren war: das während des Krieges entwickelte Bedürfnis, täglich Zerstörtes täglich wieder zu ersetzen, setzte sich nach dem Zusammenbruch fort, und zwar mit um so größerer Vehemenz, als beim plötzlichen Aussetzen der Zerstörung zum Erstaunen der Betroffenen jetzt sichtbare Werte entstanden, als aus Notunterkünften Häusle wurden, Bungalows, Hochhäuser . . .

Nun sehe auch ich ›Sonntagskinder‹ sehr viel weniger als Kriegsgeschichte denn als Schilderung der sozialen und psychischen Befindlichkeit derer, die im Zweiten Weltkrieg in der »Heimat« geblieben sind, der Kinder vor allem. Der Kinder von damals, die, soweit sie überlebt haben, heute 50 sind. Also doch ein »Jetzt-Stück« in dem Sinne, daß die historischen Voraussetzungen des Jetzt geklärt werden?
Im Stück wird gezeigt, wie die scheinbar Verrückten (die Kinder, Tilda, der Vater) eher normal sind, die scheinbar Normalen (die Mutter, der Direktor, Nolle) eher verrückt. Anstelle des großen »Ausbruchs« jedoch, der Flucht in den wirklichen Irrsinn – der inmitten eines allgemeinen Wahnsinns das den Kindern einzig Gemäße wäre –, ist zu sehen, wie die kleine, schon von Apathie erfaßte Hauptfigur unter Beruhigungs- und Beschwörungsformeln geschickt von einem in den anderen Zustand transportiert wird. Vielleicht wird verständlich, warum eben diese Generation noch heute im Zustand endloser und künstlicher Tranquilisierung dahinlebt.
Ich würde nicht eben behaupten wollen, daß Sie mit dem Stück die politischen Hintergründe der Zeit untersuchen. Oder?
Es werden die Auswirkungen der Politik auf das Individuum gezeigt, auch die Entwicklung politischer (oder nichtpolitischer) Haltungen aus einer Biographie. Ich halte es für oberflächlich und ungenau, auf dem Theater die politischen Vorgänge selbst und ihre Hintergründe aufzeigen zu wollen. Das können die anderen Medien (mit ihren Möglichkeiten des schnellen Bildwechsels, der Dokumentation usw.) besser und gründlicher: so etwa der Roman, das Fernsehen, selbst die Illustrierte. (Auch das Konstruieren großer Konflikte – wie es zu Beginn der Nachkriegsjahre üblich war – erscheint mir angesichts einer Zeit, deren Hauptmerkmal eher das Stillschweigen war oder das Mitmarschieren, Mitmachen, in der Verbrechen oft aus Nichttun resultierte, nicht angemessen zu sein.)
Was das Theater kann: 1. genaue Metaphern finden für eine Zeit, eine Person, eine Situation; 2. durch überdeutliche Beschreibung des Details – in der Art der neuen Realisten – die Konzentration des Betrachters derart in eine Richtung zwingen, daß er automatisch extrapoliert. Genauer: wenn die Malerin Maina-Miriam Munsky die Zangen, die Schläuche, das technische Instrumentarium über dem Leib einer gebärenden Frau in aller Kälte und

Schärfe malt, kann ich nicht anders, als mich mit den Bedingungen einer modernen Geburt, des weiteren mit dem Schicksal dieser Mutter, dieses Kindes zu beschäftigen. Ich habe versucht, mit beiden Mitteln zu arbeiten, also zu zeigen: 1. ein Kind, das beinahe wahnsinnig wird; 2. die Technik des Stachelbeereinmachens.

(Aus: »Theater heute«, Juli 1976)

Der Mensch muß träumen

Gerlind Reinshagen und Horst Laube
unterhalten sich über Theater
und über das Theater der Reinshagen

Reinshagen: Warum soll Theater nicht so etwas wie ein Fluchtort sein? Ich meine das jetzt gar nicht negativ als Rückzug ins Private, die Idylle, sondern eher umgekehrt: ein Ort der Selbstbesinnung vielleicht, der Klärung, der Versammlung; eine Zelle, um neue Entwürfe zu machen, Ausgangspunkt für mögliche Offensiven . . . Sagt man nun aber, Theater ist . . . wie wenn ich in den Wald gehe, dann müßte der Wald eben auch ein Wald sein und kein Mischmasch aus Ansprüchen, die das Theater als Museum oder als Katheder, gleichzeitig auf jeden Fall als Amüsierschuppen wollen.
Laube: Aber auch der schönste Wald ist auf der Bühne aus Pappe, schlägt keine Wurzeln, ist ein ästhetisches Problem.

Momente des Unvermuteten

Reinshagen: Da bin ich mir nicht im klaren, das überlege ich seit geraumer Zeit, inwieweit Ästhetik, die so häufig diffamiert wird, dem Verhalten von Leuten neue Impulse geben kann. Ich versuche – immer wieder – Zusammenhänge zu finden . . . beispielsweise herauszufinden, woran es liegt, daß sich die Frauen selbst im letzten Winkel von Italien so schön kleiden, ob die Umwelt, die Landschaft Einflüsse ausüben, ob deren Schönheit auf das Benehmen ausstrahlt, warum dort eine andere Art von Höflichkeit, von Herzlichkeit entsteht, ein direkteres Lebensgefühl . . . das, diese Art von Korrelation, das interessiert mich und auch, oder noch viel mehr, herauszufinden, ob und wo Menschen m e h r können, als es ihnen eben diese Umwelt, eben diese Verhältnisse erlauben, der Moment des Unvermuteten, der Freiheit. Neulich z.B. war ich auf einer Autorenversammlung, zu der man unter anderem einen Versicherungsfachmann eingeladen hatte. Er sollte zur Altersversorgung sprechen, einem wichtigen Thema immerhin. Der Mann kam herein, korrekt gekleidet, er sah nach regelmäßigen Mahlzeiten aus und wichtigen Besprechungen, also

tatsächlich so, wie man sich einen Versicherungsfachmann vorstellt. Sofort entstanden zwei Klassen: die Künstler und der Bürger. Viele tuschelten, manche lachten. Ich habe mich auch dabei ertappt. Dann hat er angefangen zu reden, sich für seine Sache engagiert. Und da kam plötzlich etwas heraus, was über den scheinbar genau einzuordnenden Angestellten hinausging, eine Art, sich zu stellen, oder: der Wille, eine Sache ganz zu machen, oder auch: Mut, es mit einer Übermacht aufzunehmen; ich dachte: der würde mich jetzt auf einer Bühne interessieren, an dem einzigen Ort, wo wirklich noch die Möglichkeit gegeben ist, jemanden mit der nötigen Geduld und Ruhe, aus der Nähe, von allen Seiten, in allen seinen Lebensäußerungen zu entdecken, wo man ihn mit der ihm gebührenden Aufmerksamkeit betrachten kann, umfassender, als die Psychologie es kann, die Soziologie, wo man also mehr erfahren könnte über ihn selbst, vor allem aber über seine Vorstellungen, woher er sie bezieht, wie determiniert sie sind, was ihn eventuell befähigt, über sich hinauszugehen, dieser Augenblick des Sprunges . . .das herauszubekommen, darin liegt für mich ein Ziel von Theaterarbeit.
Laube: Der humane Mehrwert . . .
Reinshagen: Das ist jetzt ein schnelles Wort . . .
Laube: Problematisch, sicher . . . wie jede Einschnürung in den Begriff; aber . . . wie auch immer wir es nennen, es entläßt den Autor ja nicht aus der Pflicht, zu sagen, daß es schlimm ist mit den Verhältnissen des Menschen, daß es schlimmer ist, als man es zeigen kann. Erst die beharrliche Feststellung dieser Tatsache legitimiert den Hinweis auf die nicht manipulierbaren Kräfte. Sonst redet man einem öden Mittelwert das Wort, auf den das Leben mal Sonnenschein, mal Regen streut.

Hinweise, wie es auch sein könnte

Reinshagen: Ich glaube, jedes Stück seit Aischylos, das Interesse verdient, zeigt diese Abgrund-Situation, die äußerste Isolation, die extremste Verzweiflung. Aber jedes Stück, das Interesse verdient, deutet gleichzeitig eine Gegenmöglichkeit an, wie es auch sein könnte, eine Ahnung, die Spur von Glück, von Erkenntnis.
Laube: Der Begriff Ästhetik ist, glaube ich, in dem Zusammenhang, in dem Sie ihn gebrauchen, mißverständlich. Sie meinen doch schlicht Schönheit. Elsie in den ›*Sonntagskindern*‹ ist einfach

ein schöner Mensch. Bei ihr geht auf ganz idealistische Weise eine innere Schönheit mit der des Verhaltens einher. Das steht einer ganzen Zeit gegenüber, der Nazizeit. Da ist doch eine Art Botschaft der Autorin Reinshagen zu finden.
Reinshagen: Sagen wir mal: es wird versucht, eine von den schlimmen Verhältnissen und vom Milieu noch wenig korrumpierte Haltung aufzuzeigen, die bis zu einem bestimmten Alter mit den Träumen und Vorstellungen (in welchen immer nach dem kompromißlosen, dem vollkommenen, ja, fast »idealischen« Entwurf gestrebt wird) identisch ist. Mit der systematischen Erstickung dieses Strebens durch die Erwachsenen ist es dann auch mit der Haltung vorbei. Immerhin war da etwas im Ansatz, der Möglichkeit nach, vorhanden. Das deutlich zu machen, daß es nicht vergessen, nicht verschleudert wird ... eine Art Botschaft, wenn Sie so wollen ...
Laube: Ich bin da skeptisch. Denn wer macht sich so eine Botschaft, an deren subjektiver Ehrlichkeit kein Zweifel besteht, zu welchen Zwecken zu eigen? Man könnte ja daraus den Schluß ziehen, daß das gar nicht so schlimm war mit dem Nazismus, daß das Leben stark genug ist, sich zu behaupten, obwohl Sie am Schluß Ihres Stückes mit der Einkleidung Elsies ein skeptisches Bild anfügten.
Reinshagen: Wenn ein Stück davon handelt, wie das Denken von Kindern langsam erstickt wird, so daß sie darüber zugrunde gehn, sich selbst ruinieren, so kann man nur die schlimmsten Schlüsse ziehn ... fast könnte sich die »Einkleidung« erübrigen ...
Was die Botschaft, das Aneignen von Botschaften betrifft, ja, ich glaube, so direkt eignet sich niemand nirgendwo Botschaften an. Andererseits – wenn wir mal Gorkis ›*Kleinbürger*‹ als Beispiel nehmen ... ich meine, daß selbst jemand, der keinerlei Überlegungen ökonomischer, soziologischer, moralischer Natur daran knüpfen würde, doch zumindestens am Ende beschließen würde: so ... möchtest du nicht sein, so erstarrt, so verängstigt, so unfähig zu Handlungen. Und dann ist da noch Elena Nikolajewna, nicht zu vergessen. Da überträgt sich etwas nicht als Botschaft, sondern als direkte Erfahrung.
Laube: Sie meinen, daß diese Erfahrung so deutlich zu handhaben ist?
Reinshagen: Nein. Es ist und bleibt wahrscheinlich in den meisten Fällen lediglich ein undeutlicher Gedanke, ein Baustein im Ge-

dankengebäude. Aber Einflüsse dieser Art wiederholen sich ja, sind auch nicht auf das eine Medium beschränkt. Theater ist einer von vielen Vermittlern, es gibt den Film, die Bücher, wer weiß, wie wichtig unsere ersten Bilderbücher waren ... dann die ganze graphische Kulisse, der Beschuß mit Signalen ...

Bruchstücke idealer Konstellationen ...

Um beim Theater zu bleiben: ich möchte noch weitergehn und behaupten, daß sogar jemand, der ... sagen wir von einer Inszenierung Grübers kaum etwas zu verstehen vermeint, ich glaube, daß selbst der etwas bemerken wird, einen Unterschied eventuell zu gängiger Theaterkonfektion, daß er Bilder behalten wird, das ist jetzt schwer zu erklären ... ich kann mir einfach nicht denken, daß jemand, der z.B. in einer billigen und häßlichen Satellitenstadt wohnt, daß der nicht den Unterschied wahrnehmen sollte zu einer menschenwürdigeren Architektur ...

Laube: Sie meinen also wirklich, daß Schönheit so eine Kraft haben kann, daß sie auf Existenz wirkt?

Reinshagen: Jetzt, scheint mir, ist es an der Zeit, den Begriff »Schönheit« seinerseits zu revidieren. Was ich meine, wovon ich gesprochen habe, könnte man eher bezeichnen als ... Einsprengsel, Bruchstücke idealer Konstellationen, die sich auch in der verzweifeltsten Existenz, im desolatesten Milieu noch aufspüren lassen. Wenn ich an die Stücke Büchners denke, diese unglaublich modernen, immer noch nicht eingeholten Stücke, da wird vielleicht am deutlichsten, was ich meine: da gibt es die – fast ideale – Julie, es gibt Marion – die Schönheit –, die sich selbst und ihre Welt noch aus dem Bordell heraus fast wie ein Dichter beschreiben kann, und es gibt einen Woyzzeck, der sagen kann – nachdem er Marie bei der Lüge mit den Ohrringen ertappt hat: »'s ist gut, Marie.« Also überall und fast in jeder Szene diese Unberechenbarkeiten, diese nie vermuteten Möglichkeiten, beinah in jeder Figur. Ich wollte sagen, das sind Eindrücke, die ich behalten habe ... von früher, als ich die Sachen zum erstenmal las, die habe ich nicht vergessen ...

Laube: Sie kennen sicher das berühmte Rilke-Gedicht, mit dem er einen antiken Torso beschreibt, um am Ende das Fazit zu ziehen: du mußt dein Leben ändern.

Reinshagen: Er beschreibt eben diese Reaktion auf einen tiefen

Eindruck, einen tiefen Kunst-Eindruck, und ich kann nur aus meiner Erfahrung sagen, von der Zeit her, als ich sozusagen nicht professionell gelesen und gesehen habe: sie leuchtet mir ein. Daß es sich häufig um langwierigere, komplexere und indirektere Prozesse handelt, davon sprachen wir schon.

... oder billiger Trost?

Laube: Aber die Aufgabe wäre doch immer wieder, herauszufinden, wo wird diese »ideale Konstellation« benutzt, um abzulenken von den wirklichen Verhältnissen, wo wird sie als billiger Trost verhökert, und wo wird sie wirklich wahr. Die Schönheit der Ereignisse, die z.B. Grüber in Gang setzt, wird ja in dem Maß legitimiert, in dem er mit seiner Existenz dafür zahlt. Das ist die Haltung, die der Kapitalismus dem Künstler aufzwingt. In diesem Bezug – sofern er im Produkt sichtbar wird – glaube ich auch, daß Schönheit einen existentiellen Impuls auslösen kann. Aber der Grat ist schmal und immer gefährdet.
Reinshagen: Ich halte es eher für verbrecherisch, diese Dimension, die, wenn auch bruchstückhaft und nur in Scherben, sogar mit bloßem Auge in unserem Leben zu erkennen ist, zu unterschlagen, nicht zu versuchen, sie wahrzunehmen, sie zu verstärken, sie vielleicht sogar ein Stück in Richtung Utopie hin vorzutreiben. »Der Mensch muß träumen« – ein Leninwort – und er tut es tatsächlich und er darf es nicht vergessen, und ich denke, wenn man Figuren auf der Bühne zeigt, die unablässig, allen Widerständen zum Trotz, danach streben, sich diesen Entwürfen in ihren Köpfen, diesen idealen Konstellationen zu nähern ... es müßte sich einfach was übertragen ...
Laube: Zum Beispiel die Frau, die Sie in ›*Himmel und Erde*‹ beschrieben haben. Aber ich hätte mir das Stück handlungsärmer gewünscht. Diese Handlung, die Handlung zum Tod, ist bedeutend genug.
Reinshagen: Da haben Sie recht. Diese Frage des Kompromisses, des Zugeständnisses an traditionelle Sehgewohnheiten, die Angst vor Überforderung des Zuschauers, das ist ein ziemliches Problem für mich. Andererseits – was diese Geschichte betrifft – sind die drei Mitspieler Gegenfiguren, gehören zu der einen Handlung insofern, als sie sich jeder auf andere Weise selbst täuschen, flüchten, der Konsequenz ausweichen, das Freiheitsstreben der

Sonja kontrapunktieren. Aber mir gefallen überhaupt die scheinbar nebensächlichen Stellen im Stück am besten.
Laube: Die schönen Stellen sind Abschweifungen.
Reinshagen: Klar. Das ist ein Punkt, der mich ganz allgemein interessiert. Ich habe einmal überlegt, ein Stück zu machen nur darüber, wie jemand Kaffee kocht am Morgen. Nur über Handgriffe. Gegenstände und deren Benutzung. Über Alltäglichkeiten. Ein Stück wie ein Stilleben von Morandi.
Laube: Ja, die kleinen Sachen . . .
Reinshagen: Nicht, um sich herumzudrücken um die großen, die Konflikte, Widersprüche, Ausbrüche, sondern um zu sehen, ob man vielleicht von daher näher herankommt an eine Zeit, eine Figur, ob das ein Weg wäre, der weiterführt. Die bildende Kunst ist uns wohl ein Stück voraus. Wir müssen noch nach Formen suchen, Realität genau zu beschreiben, das Detail in seiner Komplexität, nicht mit irgendwelchen Riesenkonstruktionen . . . Im täglichen Leben ist sie verstellt, undurchschaubar geworden. Und die brisanten Themen unserer Gegenwart . . .
Laube: Der Sturz des Kanzlers Brandt z.B. . . .

Ein Theater der Einzelheiten

Reinshagen: Ja, dieser Sturz, die Watergate-Affäre, die sind im Kino besser aufgehoben. Die Techniken des Films – ich brauche sie jetzt nicht aufzuzählen – kommen an solche aktuellen, verästelten, personenintensiven Ereignisse besser heran, sind dem Theater überlegen. Das Theater wiederum hat zur Definition des Individuums, seines häuslichen Mikrokosmos die besseren Mittel, ist einfach das feinere Instrument. Sehen Sie Möglichkeiten für diese Art Theater?
Laube: Der Einzelheiten? Ja, man müßte eine ziemlich alte und starre Pyramide umkippen, eine Pyramide, an deren Spitze immer noch der sogenannte Inhalt, die Botschaft, das Mitnehmbare steht, denen sich dann hierarchisch die Einzelheiten, nach unten abfallend, zuordnen; ist diese Pyramide gekippt, kann man die einzelnen Sachen, die angeblich großen und die angeblich kleinen, auf derselben Ebene erzählen.
Reinshagen: Ich muß noch einmal insistieren auf dieser . . . Dimension der Phantasie, dieses menschlichen Triebs zum ständigen Entwerfen, Projektieren, das gerade im Alltag, gerade wäh-

rend der alltäglichsten Beschäftigung zum Vorschein kommt. Alle Welt sucht jetzt nach Erziehungsprinzipien. Wenn Theater eine Möglichkeit andeuten könnte, wie diese Kraft zu nutzen, in die Erziehung zu integrieren wäre ... nicht in einer didaktischen, lehrstückhaften Weise, sondern mit einfachen sinnlichen Mitteln ... z.B. zu zeigen ... eine neue Art vielleicht, mit einem Kind umzugehn, mit Gebrauchsgegenständen; utopische Momente könnten aufscheinen in der Weise, wie sich zwei Menschen zueinander verhalten. Wenn z.B. die Figuren in *›Himmel und Erde‹* über ihrem scheinbar ganz gedankenlosen Fressen plötzlich sich dieses Vorgangs bewußt werden, über dieser Erkenntnis plötzlich eine Freiheit verspüren, auch ein Verständnis für den anderen ... Wenn Tilda in den *›Sonntagskindern‹* in einem einzigen Augenblick ihre Lebensangst überwindet und einen Blumenstrauß zu den toten »Hochverrätern« bringt, ich glaube dies ... dieser a n d e r e Blick auf Leute, das sollte man noch radikaler machen ...
Laube: Und ich muß insistieren, ob man nicht doch in den Verdacht gerät, der leichtfertige Tröster zu sein, der zwar zugibt, daß alles furchtbar schlimm ist, aber einen Blumenstrauß dazulegt, der das Dilemma erträglich machen soll.

Mit der puren Utopie ins Abseits?

Reinshagen: Ich glaube eher, der Blumenstraußes, oder besser: die T a t des Blumenstraußes – diese zunächst ganz kleine Bewegung, die *jeder* machen könnte, und die dann aber große Bedeutung bekommt – macht das Dilemma für den Zuschauer nicht kleiner, sondern größer. Wenn ich im Gefängnis sitze, ganz gleich, ob in dem der Konvention oder in dem meiner eigenen Feigheit, und sehe, daß meinem Nachbarn – für wie lange auch immer – der Ausbruch geglückt ist, werde ich schon darauf sinnen, mir eine Feile zu beschaffen. Und da eigentlich jeder dieses Gefängnisgefühl hat ... Vielleicht sollte man aber gewisse Bewegungen tatsächlich noch vergrößern, die Befreiungsbewegung der Sonja in *›Himmel und Erde‹* ...
Laube: Das geht aber nur, wenn ihre Situation zwischen Leben und Tod noch fester gezurrt wäre, noch auswegloser und endgültiger, so daß jeder sicher ist, da passiert nichts, da macht sich nichts mehr frei, aber dann passiert es doch. Theater kann das

Unmögliche konkret machen ...
Reinshagen: Da wäre aber doch die Frage, wie weit man Situationen wegrücken kann, daß man noch mitgeht als Zuschauer, daß man die Geschichte noch annehmen kann. Ob man nicht mit der puren Utopie ins Abseits gerät ...
Laube: Aber das Theater hat so viele Mittel, daß es auch die Identifikation mit dem Unmöglichen herbeiführen kann.
Reinshagen: Nein, nein ... das glaube ich nicht! Obgleich ich überzeugt bin, daß in Menschenköpfen unablässig die phantastischsten und wunderbarsten Bilder entstehen, daß dort die oben erwähnten Scherben dauernd zu ganzen, vollkommenen Gebilden gekittet werden, ein Interesse, ein wirklich atemloses Interesse – also, daß niemand während der Szene hustet – wird vom Zuschauer nur dann aufgebracht, wenn die Realisierung seiner Träume wenigstens im Bereich des Möglichen liegt. Und übrigens: wollten wir nicht auch die Pyramide kippen?

(Aus: »Theater heute«, Sonderheft 1976)

Gerlind Reinshagen
Weiter auf dem eigenen Holzweg?

Nicht nur, weil hier etwas mit einem Abstand von fünf Jahren statt bunt und lebendig auf der Bühne schwarz auf weiß in einem Buch erscheint und vielleicht der Erläuterung bedürfte, ist es notwendig, an dieser Stelle anzuhalten und zurückzusehen auf das, was damals war, was man erfahren, geträumt, beabsichtigt hat; nicht nur, um ein Buch dicker zu machen, als es in Wahrheit ist, oder den Abstand sich zu beweisen, den man, wenn man Glück hat, zu sich selbst gewonnen hat, sondern vor allem, denke ich, um nach der Orientierungspause den weiteren Weg sich zu bestimmen, der veränderten Gegend entsprechend, die neue Richtung festzulegen, womöglich ein anderes Ziel? Drei Sätze sind es aus den beiden hier wieder aufgenommenen Interviews von 1976, die, nebeneinandergestellt, ziemlich exakt das damalige Konzept umreißen, die aber plötzlich geeignet sind, stutzig zu machen, fast einen Schrecken auszulösen.
»Der Mensch muß träumen«, steht da, sogar als Überschrift, und von der »Technik des Stachelbeereinmachens« ist die Rede, und, an anderer Stelle, von »einem Kind, das beinahe wahnsinnig wird«.
Schrecken – warum?
Weil es genau diese drei Sätze sein könnten, die noch immer, noch heute, die Handlungen und folglich die Schicksale auch der letzten, der allerjüngsten Figuren zu bestimmen imstande sind, weil da noch immer die gleichen Ingredienzen sich zu mischen scheinen, also noch immer haargenau das gleiche Problem, an dem ich mir langsam die Zähne ausbeiße?
Hätten wir da also immer noch: das ganze, das unbeschädigte und vollkommene Bild, das der Mensch von sich, von seinem Lebenssinn mit sich herumträgt, das er hütet und pflegt und das er unantastbar zu erhalten trachtet.
Die rücksichtslose Realität, die den Menschen zu einem Pragmatismus zwingt, der ihm nicht mehr erlaubt, dieses, sein Bild (seinen Traum), unzerstört zu erhalten, der ihm oft nur Bruchstücke davon übrigläßt, so daß er kaum mehr imstande ist, es überhaupt noch zusammenzudenken.
Die verheerenden Folgen, die durch eben diese Bilderzerstörung

entstehen, welche schlimmer erscheinen als diejenigen, die sich ergeben, wenn in Schlafexperimenten die Versuchspersonen, während ihrer REM-Phasen geweckt, abrupt aus Träumen gerissen werden.
Also noch immer die alte Geschichte, der alte Kampf; die »Geschichte des Kampfes des Menschen um seinen Traum«? Also auch womöglich die Behauptung nicht zu widerlegen, daß jeder Schriftsteller ewig und immer nur eine einzige Geschichte erzählt, was schließlich »die Geschichte vom Kampf des Schriftstellers um seinen Traum von der Geschichte des Kampfs der Personen um ihre Träume« ergäbe ...
Oder sollte etwa die Beobachtung schon Veränderung bedeuten, daß die Ursachen des zerstörerischen Pragmatismus heutzutage andere sind, daß die Verdrängung des privaten Traums, im Krieg beispielsweise aus Angst geübt, heutzutage eher aus Ziellosigkeit entsteht, aus einem Mangel an Sinn?
Wäre diese Erkenntnis wieder nur *Nuance* des immer gleichen, altbekannten Themas oder wäre sie im Gegenteil geeignet, das Problem ganz neu zu strukturieren, also auch den Aufbau der Geschichte, also auch die Form? Wäre es am Ende denkbar, eine traum-lose Gesellschaft zu beschreiben?
Als wir am Drehbuch der ›*Sonntagskinder*‹ arbeiteten, als mir plötzlich das Striche-Machen gefiel, die Reduktion der Rede auf Wortfetzen, auf Eisbergspitzen, die man aber nunmehr kaum noch aus dem Wasser ragen sah, als Michael Verhoeven sagte: »Am liebsten möchte ich einen Stummfilm daraus machen«, dachte ich ein paar Augenblicke (oder Tage) lang: »das muß es sein«, eine Zeitlang wohlgemut in dem Gedanken, auch für das Theater die Form gefunden zu haben, endlich die richtige, einzige für das, was zu beschreiben beabsichtigt war, die Form für den seiner Träume beraubten, den reduzierten, den beinahe schon verstummten Zeitgenossen, die maßgerechte Form für das, was um uns ist, was wir an Reduziertem täglich sehen, was in der bildenden Kunst seit langem schon uns vor Augen geführt wird, was uns die Soziologen beschreiben ...
Doch was der Kopf will, wollen noch lange nicht die Figuren. Die nämlich sträubten sich, gleich bei den ersten Sätzen einer neuen Arbeit, wollten nicht sich einfügen, wollten nicht in dieser Sprache sprechen, redeten, wenn sie schweigen sollten, schwiegen starrsinnig, wenn sie reden sollten, begannen sich dafür zu rä-

chen, daß hier ein Autor, vergessend, daß der Film ja neben seiner Sprache andere Räume, andere Ausdrucksmittel dafür hat, sie ihrer Träume berauben wollte; kurz, sie ließen ums Verrecken nicht sich in eine Richtung drängen, schlugen um sich, spuckten Gift und Galle, wir kamen nicht im Guten miteinander aus. Danach folgte Schweigen und kalter Haß ...

Schließlich, nach langen angstvollen Wochen, als man sie noch immer da hocken sah, vor die Türe verwiesen, Hohn in den Augen und wütend auf die Wiederaufnahme des Streits versessen, dachte ich, klug zu sein und nachzugeben, und gleich auf der Stelle waren sie da, machten sich breit, kamen gleich wieder mit allem heraus, mit dem Unglaublichsten und dem Widersprüchlichsten: Analphabeten zeigten sich als Dichter, eine Beamtenseele als Held, Arbeiter als Philosophen; Redner und Selbstinterpreten waren sie alle, Sturzbäche von Worten ergossen sich, Sprachliches neben Wortschöpfungen ungewöhnlichster Art, die selbst den Sprachforscher Basil Bernstein, der allerdings – wenn auch verschämt – sie längst der Unterklasse unserer Gesellschaft zugestanden hat, in Erstaunen setzen würden. Sie wurden schließlich ziemlich unverschämt und lautstark, so daß selbst ich nicht umhin konnte, sie zu bewundern, so wie man vielleicht einen Feind bewundert, waren weder zur Ruhe zu bringen noch zu entfernen, und selbstverständlich zertöpperten sie mir die Form.

Ich ging hinaus auf die Straße in der heimlichen Absicht, sie anhand der Wirklichkeit zu widerlegen, sie als anachronistische Gespenster, Nachkommen einer aussterbenden Spezies zu entlarven.

Aber wie vielleicht nur ein Mensch, der sich Liebe lange vorgestellt (geträumt) hat, erst durch diesen seinen Traum instand gesetzt ist, sie auch in der Realität zu finden, so fand ich plötzlich überall die vorgestellten, die geträumten Figuren, und zwar in Fleisch und Blut, und zwar wortwörtlich mit ihren noch immer ausufernden, wilden, ganz und gar unzeitgemäßen Träumen.

So blieb als einzige Konsequenz, die zu Hause Wartenden doch wieder ernstzunehmen, sie schließlich gewähren zu lassen. Und so luden sie mir also ihre Träume wieder auf, nicht nur ihre Geschichten wie die sechs Personen Pirandellos, sondern auf Biegen und Brechen auch ihre Träume, in ihrer wilden, ungebärdigen, ganz und gar unzeitgemäßen Sprache, und so, in dieser Doppelexistenz, sind sie denn auch im *›Frühlingsfest‹* zu finden, so werden sie es in *›Eisenherz‹*, dem nächsten Stück, sein.

Was mir bleibt, da ich schwächer bin als sie, ist, zu versuchen, den Raum ihrer Bilder abzugrenzen, ihre Träume einzudämmen zugunsten der Realität, auf daß ein Gleichgewicht entstehen möge (oder sollte ich die Realität eindämmen zugunsten der Träume?), ja, und so geht es weiter und weiter, wir liegen im Clinch so lange, bis einer von uns aufgibt oder . . . gewinnt?

Von Gerlind Reinshagen erschienen im Suhrkamp Verlag

Das Frühlingsfest. Elsas Nachtbuch. Annäherungen. Drei Stücke. 1980. 170 S. suhrkamp taschenbuch Band 637

Rovinato oder Die Seele des Geschäfts. Roman. 1981. 184 S. Geb.

Doppelkopf, Leben und Tod der Marilyn Monroe. 2 Stücke. 1971.

st 677 Mongo Beti
Perpétue und die Gewöhnung ans Unglück
Roman
Aus dem Französischen von Heidrun Beltz
Mit einer Nachbemerkung von Renate Brandes
218 Seiten
Perpétue und die Gewöhnung ans Unglück ist ein Gesellschaftsroman aus dem heutigen Afrika. Er schildert das Schicksal einer jungen Frau, die sich in der beklemmenden Atmosphäre von Terror und Elend – Schauplatz der Handlung ist ein fiktives, von einer reaktionären Clique beherrschtes Land – nach einem menschenwürdigen Leben sehnt und nicht bereit ist, ihr Unglück widerspruchslos hinzunehmen.

st 678 Stanisław Lem
Summa technologiae
Aus dem Polnischen übersetzt von Friedrich Griese
672 Seiten
Das Buch handelt von einigen möglichen »Zukünften« der menschlichen Zivilisation. Was können wir machen? Was ist möglich? Fast alles – nur das nicht: daß sich die Menschen in einigen zigtausend Jahren überlegen könnten: »Genug – so wie es jetzt ist, soll es von nun an immer bleiben.«

st 679 Peter Handke
Das Ende des Flanierens
176 Seiten
Handke widmet sich der Beschreibung des Einzelnen und seines Werkes – sei es ein Bild von Peter Pongratz, ein Film von Godard oder das Werk von Patricia Highsmith –, um dem Leser dessen Besonderheit aufzuschließen. Der vorliegende Band umfaßt Gedichte, Essays und Prosatexte, die zwischen 1966 und 1980 entstanden sind.

st 680 Volker Braun
Stücke 2
226 Seiten
Schmitten; Guevara oder Der Sonnenstaat; Großer Frieden; Simplex Deutsch.
Die Stücke sind theatralische Vorschläge und gesellschaftliche Experimente zugleich. Braun plädiert mit seinen Figuren für die maximale Ausnutzung der sozialistischen Möglichkeiten: für eine Gesellschaft, in der die freie Entwicklung des einzelnen die Bedingungen für die freie Entwicklung aller ist.

st 681 Hans Magnus Enzensberger
Der Untergang der Titanic
Eine Komödie
136 Seiten
»*Der Untergang der Titanic* ist ein durchkalkuliertes poetisches Projekt, ein weitverzweigtes und kompliziertes Assoziationssystem, in dem Platz ist für Mystifikationen wie auch für authentische Details. ... Das ist in beträchtlichem Maße große Poesie.« *Nicolas Born, Der Spiegel*

st 682 Herbert Achternbusch
Der Neger Erwin
Filmbuch
Mit Farbabbildungen
104 Seiten
»Aber nur die verkommenste aller Künste, der Film, darf den Versuch wagen, unseren Nachkommen zu sagen, daß auch wir Menschen gewesen sind.«
Herbert Achternbusch

st 683 Marieluise Fleißer
Der Tiefseefisch
Text. Fragmente. Materialien
Herausgegeben von Wend Kässens und Michael Töteberg
188 Seiten
Der Tiefseefisch gibt ein satirisches Portrait von Bertolt Brecht als literarischem Bandenführer; zugleich ist das Stück ein Ehedrama: Fleißers Verbindung mit dem konservativen Publizisten Hellmut Draws-Tychsen. Dieser Band veröffentlicht erstmals die erhalten gebliebene erste Fassung des Stücks sowie Fragmente und Arbeitsnotizen. In einem Nachwort erläutern die Herausgeber den zeitgenössischen literarischen Kontext und geben Interpretationsansätze für die heutige Aktualität des Dramas.

st 685 Gertrud Leutenegger
Ninive
Roman
192 Seiten
»... wieder die Mischung aus poetischen Erinnerungen an die Kindheit, Traumsequenzen, Beschwörung der Natur, Beschreibung alltäglicher Ereignisse und dem leisen, gerade deshalb unüberhörbaren Protest gegen den Zustand der Welt. ... Diese stille, vor verhaltener Leidenschaft bebende Erzählung einer glücklich-unglücklichen Liebe wird gespeist von einem maßlosen Lebenshunger nach der wahren Welt.« *Rolf Michaelis, DIE ZEIT*

st 687 Johanna Braun
Günter Braun
Der Fehlfaktor
Utopisch-phantastische Erzählungen
Phantastische Bibliothek Band 51
208 Seiten
Die Autoren veranstalten mit Witz und Humor bildhafte Denkspiele, zu denen sie den Leser einladen. Dabei verzichten sie nicht auf Spannung. Wie in ihren früheren utopischen Büchern legen sie Wert auf lebendige, vorstellbare Charaktere, ihre utopische Welt ist keine tote Kulisse technischer Gegenstände. So sind acht Geschichten entstanden, verschieden in Farbe und Temperament, aber allesamt vergnüglich zu lesen.

st 688 Judith Offenbach
Sonja
Eine Melancholie für Fortgeschrittene
400 Seiten
Die Geschichte der Liebe zwischen Sonja und Judith 1965–1976. Sie studieren an der Hamburger Universität, wohnen in einem Studentenwohnheim, später in einer eigenen Wohnung, sie probieren ein »normales Leben« zu zweit, das doch von vornherein ausgeschlossen ist. Die gelähmte Sonja bringt sich um. »Eine Melancholie für Fortgeschrittene« ist das Protokoll einer Trauer. Der nicht spektakuläre, sehr detaillierte Bericht über den verborgenen Alltag lesbischer Paare und über das Leben mit einem behinderten Menschen.

st 700 Max Frisch
Montauk
Eine Erzählung
224 Seiten
»... diese Erzählung übertrifft in mancherlei Hinsicht alles, was wir bisher von Frisch kannten. Es ist sein intimstes und zartestes, sein bescheidenstes und vielleicht eben deshalb sein originellstes Buch.

Marcel Reich-Ranicki, FAZ

st 729 Stanisław Lem
Mondnacht
Hör- und Fernsehspiele
Aus dem Polnischen übersetzt von Klaus Staemmler, Charlotte Eckert, Jutta Janke und I. Zimmermann-Göllheim
Phantastische Bibliothek Band 57
288 Seiten
»Lem hat die Gattung der Science-fiction neu abgesteckt und ihr literarische Hochflächen erobert, die auf dem Niveau des philosophischen Traktats liegen, zugleich aber spannend sind wie ein gelungener Kriminalroman.«

Frankfurter Rundschau

st 730 Herbert W. Franke
Schule für Übermenschen
Phantastische Bibliothek Band 58
160 Seiten
Wo liegen die physischen und psychischen Grenzen des Menschen? Sind seine evolutionären Kapazitäten er-

schöpft oder ist er einer Anpassung an jene besonderen Aufgaben fähig, die die lebensfremden Räume der Tiefsee und des Weltraums mit sich bringen? Das »Institute of Advanced Education« schult die Elite von morgen. Zu den Mitteln gehört körperlicher Drill ebenso wie ein erbarmungsloses Überlebenstraining.

st 731 Joseph Sheridan Le Fanu
Der besessene Baronet
und andere Geistergeschichten
Deutsch von Friedrich Polakovics
Mit einem Nachwort von Jörg Krichbaum
Phantastische Bibliothek Band 59
304 Seiten
Le Fanus Geistergeschichten zeichnen sich durch die Schärfe der psychologischen Beobachtung und den in ihnen zutage tretenden Konflikt zwischen Traum und Wirklichkeit aus.

st 732 Philip K. Dick
LSD-Astronauten
Deutsch von Anneliese Strauss
Phantastische Bibliothek Band 60
272 Seiten
»Ein wenig ist die Lust zur Lektüre von Science-fiction verwandt mit der Lust zur Lektüre von Horrorgeschichten. Offenbar besteht eine Bereitschaft, das, was an Angstphantasie die säkularisierte Menschheit bedrängt, in der Form der Lektüre sich vorsagen zu lassen, sich einreden zu lassen. Mit therapeutischem Effekt?«
Helmut Heißenbüttel

st 733 Herbert Ehrenberg
Anke Fuchs
Sozialstaat und Freiheit
Von der Zukunft des Sozialstaats
468 Seiten
»Herbert Ehrenberg und Anke Fuchs gelingt es, manche Frage zu beantworten, manche Unstimmigkeit zu widerlegen, Klischees in Zweifel zu ziehen, die Richtung künftiger Reformen darzustellen und das Erfordernis einer eigenständigen Sozialpolitik zu begründen. ... Noch lange wird man mit Gewinn nach diesem Buch greifen können, um etwas über die einschlägigen Teilbereiche der Sozialpolitik nachzulesen.« *Deutschlandfunk*

Alphabetisches Gesamtverzeichnis der suhrkamp taschenbücher